英文学者 坪内逍遥

亀井俊介

松柏社

図版1　坪内逍遙（明治38年、47歳）

F73-00192「坪内逍遙」早稲田大学演劇博物館所蔵

英文学者 坪内逍遙　目次

凡例

一、坪内逍遙の著作からの引用は、基本的に『逍遙選集』（増補版、全十七巻）に拠った。『選集』に収録されていない著作は、その初出文献から引用するよう努めた。ただし、たとえば『小説神髄』のような作品は、筑摩書房版『明治文学全集16　坪内逍遙集』や、岩波文庫（改版）『小説神髄』などの流布本を参照、校訂の参考にした。

一、引用は、基本的に原典通りの表記に従った。ただし、漢字は多く新字体を用い、その他の今は用いられぬ文字は現代的に改めた。

一、振りがなは、原則として現代かなづかいとした。ただし、原典についている振りがなで、その表現に独特の価値があると認めたものはそのまま残した。

一、引用文の句読点は、基本的に原文通りとしたが、読み易さのため適宜句点を補った個所がある。

一、著作の出版年（新聞雑誌での発表年）は、本文中で検討の対象となっているものは明治、大正の元号を付して時代性をあらわしたが、単に参考文献として言及するものは西暦で記した。

一、西洋人名は、引用文中では原典通りにしたが、それ以外は現在一般に通用している表記に従った（ウォルト・ホイットマンなど）。ただし、シェイクスピアは逍遙の用いるシェークスピヤを統一的に用いた。

英文学者　坪内逍遙

カバー使用写真
F73-00250「授業風景」早稲田大学演劇博物館所蔵

序章

英文学者　坪内逍遙への関心

　数年前、東京帝国大学英文科で日本人として初めての教師となった夏目漱石の業績を検討していて（拙著『英文学者 夏目漱石』松柏社、二〇一一年）、しきりと気になるのは坪内逍遙の存在だった。漱石は東大英文科の「開祖」Founding Father と呼んでもよい存在だったと私は思うのだが、現在の東大英文科における漱石の地位はまことに低い（ように私には見える）。もちろん作家としての漱石の評価はあまねく高いのだが、学者としての漱石を高く評価し、研究対象にまでしようとする動きは、東大英文科内には少くともはっきりした形では見えない。

　これに対して早稲田大学では、単に英文科だけでなく大学全体として、坪内逍遙を高く評価、というよりもむしろ尊崇の対象としている（ように見える）のだ。早稲田大学は早くから文学研究の隆盛と文学者の育成を喧伝されてきたが、それを実現した最大の功労者が坪内逍遙であったことは、いわば大学公認の事実とされているのではなかろうか。そしてたとえば、逍遙の晩年にできた「演劇博物館」は、正式呼称を「早稲田大学坪内博士記念演劇博物館」というらしい。逍遙自身が建設に情熱を燃やし、費用的にも多額の負担をしてできたもののようだが、大学と逍遙が一体となっている感じだ。東大に、漱石に関係してこの種の施設があろうとは思えない。

これには官学と私学の違いがあるかもしれない。官学では、その教員など、官という巨大な組織の一極小部分にすぎず、個性を持ちにくい。それに対して私学では、学校への個々の関係者の思い入れは大きいだろうし、教員一人ひとりの存在も大きいに違いない。だがそういう違いの反映以上の違いが、逍遙と漱石との大学における「学者」としての評価の違いにはあるような気がする。それは単純に、どちらが学者としてより大きいか小さいか、あるいはどちらの学問の質がより高いか低いか、といったことでもない。もちろんそういったことも無関係ではないだろうが、二人の「学問」が形成され展開した時代や情況の違いが、より大きく反映しているのではないか。

漱石の学問は、象牙の塔としての学問の府が形成され始めた頃に形成され、彼が大学を退いた後、大学はますます象牙の塔と化してきた。漱石の学問は、基本的に世間や、世間一般の文学と隔絶した所で形成され、展開した。これに対して逍遙の学問は、大学というものがこれからできかかる時期、まだ世俗の活動の一部といった色合いが強く、象牙の塔にはなっていなかった頃に形成され、また展開もした。世間や、世間一般の文学と結びついており、その一部でもあった。逍遙の学問への世間の反応が、漱石の学問への反応よりも直接的で、いわば大きかったのは、ごく当然のことであったと言えよう。

私は本書で、そういう英文学者としての坪内逍遙の生きた姿や、彼の学問の内容、そしてその（いわば文化史的な）意義を探ってみたいと思う。ところで、ここで言っておかなければならないのは、早稲田大学における坪内逍遙への注目度、あるいは尊崇度は、東京大学における漱石へのそれよりもはるかに高いのであるが、彼の「学問」そのものをこまかく検討・評価する試みは、漱石の場合と同様に決して多くはなされていないように思えるということである。むしろそれは漱石の場合よりも、もっとなされず、もっと軽視されている傾きがあるようにも見えるのである。

これにもさまざまな理由が考えられる。まず第一に、漱石の場合にもある程度言えることだが、逍遙の場合さらにはっきりと、彼が自分の「学問」を重んじないふうの姿勢を示していたことだ。漱石は、たとえば自分の東京帝国大学講師時代を「不愉快の三年有半」と呼び、その三年有半の学問的業績の最大のものである『文学論』を「学理的閑文字」と貶《けな》し去った。逍遙はと言えば、たとえば彼が人生の最後にさしかかり編集出版した『逍遙選集』全十五巻（春陽堂、大正一五—昭和二年）を見るとよい。逍遙は大正四年に早稲田大学教授の職を辞し、しだいに熱海に隠棲するようになったので、周囲の者たちから「全集」の出版を乞われることが多くなった。が、彼は『選集』の跋で言うように、「自分には、真面目に骨を折って書いた創作が存外尠《すくな》く、研究や論説なども、今から見ると、甚だ蕪雑な、其時限りの物が多い」といった理由で「全集」を拒絶し、「選集」なら応じると言うのだった。そしてその『選集』の全十五巻中の第十二巻までを自分の手で編集したのだが、第一から三巻までは芝居脚本。第四—五巻でようやく「翻訳脚本」としてシェークスピヤの八作品とバーナード・ショーの一作品、およびシェークスピヤについての随想文を収めるが、あとの巻は倫理談とか修身訓等（第六巻）、芝居絵などに関する随想（第七巻）、小説の一種である春廼家《はるのや》漫筆とか近松研究のたぐい（第八巻）、芸術と社会、芸術と家族をめぐる随筆類（第九巻）、劇に関する論説、解説的文章（第十巻）といったものがえんえんと続き、第十一巻まで来て読書法、朗読法に関する論説などにまじえて『英詩文訓釈』が載り、最後の第十二巻で全体のまとめらしく生涯の追憶的な文章を収めている。こういう内容について、もちろんいろんな解釈はありうるだろうが、英文学者としての逍遙の存在は影が薄くなってしまっている、と言わざるをえないのではなかろうか。

坪内逍遙は、早稲田における教育活動に深入りするにつれて、早稲田中学の教頭、次いで校長にされたりして、その種の仕事に尽瘁《じんすい》する。そして修身家、倫理家としての自己認識を強めもしたようだ。文芸家としては、小説の執筆を止めて以後、演劇の革新を自分の使命としたことは間違いなく、早稲田をバックにしてその活動に全力を傾注した。そういった彼の人生後半の身の処し方が、『選集』の編集ぶりに濃厚に反映しているのである。

その編集を手伝った早稲田の弟子たちは、さすがに困惑を覚えたようで、逍遙先生に「懇願し」、『選集』の正篇十二巻に加えて「別冊」三巻を出すことにしたようだ。その「別冊一」には『当世書生気質』などの初期小説、「別冊二」には『春窓綺話』『自由太刀餘波鋭鋒』などの初期翻訳、あるいは翻案、そして「別冊三」に『小説神髄』や没理想論などを収めている。ようやく「学者」逍遙の姿が見えてきたと言えよう。

さらに付け加えておくと、この『選集』が完結してほぼ五十年後の昭和五十二年から五十三年にかけて、新しく「別冊二巻」を増補した全十七巻の『選集』が第一書房から刊行された。この増補版の「別冊四」には『逍遙選集』刊行以後の著作として重要な回想録『柿の蔕《へた》』、「別冊五」には『シェークスピヤ研究栞』などを入れ、逍遙の「学者」色をさらに浮き出させている。それでも『選集』全体を眺めてみると、早稲田と一体になった教育者、倫理家、そして演劇改革家の面影が圧倒的で、本格的な「英文学者」としての逍遙の存在感は十分には受け止めにくいのである。

早稲田を代表する人物になって以後の逍遙のこういう活動と、こういう自己評価に加えて、逍遙の「学問」を検討する上でもう一つ難しい問題がある。それを検討しようとする当人の「学問」が問題視されるのだ。それはどういうことか。身近な例を示すのがよいであろう。私が『英文学者 夏目漱石』なる本を出した時、東大英文科の関係者から、ひそかに、だが実はかなり強く、批判的な言葉が私に向けられた(らしい)。私は東京大学の学部学生時代は英文科に属したけれども、大学院では比較文学比較文化専攻に転じた。それに私は、国別で言えばアメリカ文学を自分の専門領域とし、イギリス文学を専門としてはいない。従って、そんな人間が漱石を論じる資格はない筈だ、というのである。比較文学は当然イギリス文学をも視野に入れ、また私は東京大学の教員になってから英文科の大学院にたぶん二十年は出講している。それでも、学問の専門領域を侵して著述をする慮外者と見なされた(らしい)のだ。そしてもし私が漱石の学問について何か変なことを述べたら、罵倒される羽目に陥るかもしれない。事実についての誤りでなくても、解釈上の無理を犯したら、陰に陽に悪口の材料になりそうだ。学問の超域化が唱えられてすでに何年かたつが、学問はむしろ専門化を強めているようにも見える。

坪内逍遙についても、似たような事態は容易に想像できる。いや、早稲田の学者が逍遙の「学問」を論じる際には、さらに一層の慎重さを迫られるのではなかろうか。これまでにも、早稲田の人が逍遙を語る文章では、総じて「先生」とか「師」とかといった敬称が入念に付けられている。実際に逍遙に直接教わった人も多いのであろうが、間接的に教わっただけにしろ、敬称を付けないと落ち着きが得られない雰囲気のようなものがあるのかもしれない。逍遙は余りにも早稲田と一体化してしまっていて、逍遙を論じることは早稲田を論じることにもなりそうなのだ。その逍遙先生の「学問」の中に立ち入り、その深浅、価値を計るなどといった畏れ多いことは、避けて当然ということになる。実際、そういう畏れ多いことをしようとする逍遙論のたぐいは、私の管見の中にはほとんど入って来ない。

ましてや私のような早稲田の外の者が坪内博士の「学問」を探るなどというのは、早稲田という聖域を犯そうとする行為とも受け取られかねず、かりにそうでなくても、身の程をわきまえぬ、痴《おこ》の沙汰もいいところの行為と一笑に付されるのが落ちだろう。それにもかかわらず、私は本書で英文学者としての坪内逍遙の生きた姿や、なしたことや、その意義を探ってみたい。漱石の場合もそうだが、英文学者の面を無視ないし軽視して、逍遙の本質も価値も分からないと思うのだ。しかも、逍遙や漱石と「英文科」なるものとのからみ合い、そしてそれを通してこれら先人の「学問」を検討することは、彼らの時代の文化の、それもきわめて肝要な部分に探りを入れることになると私は思うのである。

折しも現在の日本では、「英文科」なるものは衰退し、ほとんど消滅の危機にさしかかっている。かつては大学の文学部でまずは中心的な存在であり続けた英文科が、いまは入学者が少なく、教員たちも元気を失って、廃止されたり、縮小してほかの組織の一部にされたりしている。それはなぜか、どうすべきか、といったことは、それこそ現在の日本の「文化」の問題でもあり、早急な対応を求められている。そんな時、英文科がまだ草創期にあり、文学研究が「象牙の塔」の中に蹋跼していなかった時代の逍遙の「学問」は、文化史的な検討が是非にも望まれるところではなかろうか。

「学問」は論じにくいと十分にわきまえながら、ここに図々しくもその試みをしてみようと思うのは、一つには私がもう逍遙の生を終えられた年齢（七十六歳）をはるかに越え、恍惚と人の見る情態に達しており、立派な専門の学者たちからの批判にも比較的馬耳東風でいられる――そういう態度を身につけてきたからであろう。が、もう一つには、まさに私が早稲田の人間でないということ自体があると思う。私が東大英文科の人間でないのに英文学者漱石を論じて英文科関係者の一部から顰蹙を買ったことはすでに述べたが、実のところ、私は自分が英文科人間でなかったことがむしろ幸いしたくらいに思っている。漱石の「学問」を自由に論じられたように思うのだ。同様にして私は逍遙「先生」の大きな学問的世界の外にある。そんなヨソ者がなんで聖域に足を踏み入れるのかと言われそうだが、ひょっとすると、ヨソ者だからこそ自由にその世界を観察し、自由に「先生」を評価し直せるかもしれないではないか。

ここに、私にとって小さいけれども嬉しい本がある。矢野峰人著『日本英文学の学統』（一九六一年）。「逍遙・八雲・敏・禿木」というサブタイトルがついている。これは非常に重要なサブタイトルだ。先に述べたように東京帝国大学英文科での初めての日本人教師は夏目漱石と、それに上田敏だったが、前者は作家に専念すべく、後者は京都帝国大学に新設された英文科の教授となるべく、ほとんど同時に東大を去った。入れ替わるようにしてイギリス人ジョン・ロレンス（John Lawrence）が来日、赴任、その強力な指導によって、東大英文科は「根本的に文学とは如何なるものぞ」（夏目漱石『文学論』の「序」）とか、「異邦の詩文の美を移植せむ」（上田敏『海潮音』の「序」）とかといった姿勢で英文学と取り組む学風から、「文献学的（philological）または書誌学的（bibliographical）とも称すべき学風」に転じ、やがてその学風が日本英文学の「主流」をなすまでになった。矢野峰人氏はそういう流れを喜ばず、英文学研究をあくまで「文学」研究として推し進めた坪内逍遙、小泉八雲、上田敏、平田禿木にこそ、日本英文学の本来の「学統」として再評価の光を当てようとしたのだった（漱石はもちろんこの学統の最大の人物だが、彼については不日《ふじつ》、別に論をなしたいと言う）。著者によれば、そういう中で逍遙は英文学者としてはほとんど忘れられ、「沙翁劇の訳者としてのみ記憶される」有様となっている。それを嘆き、「逍遙に還れ」という言葉すら発している。

実は、矢野峰人氏は東大大学院で比較文学を専攻していた頃からの私の恩師である。当時、東京都立大学総長の要職にあられながら、この新設の学科、新興の学問のために特に出講して下さっていたのだった。で、この「学統」の問題も折にふれてうかがっていたに違いないのだが、不敏な院生の私は十分な理解ができず、それから何十年もひとりでまわり道し、「英文学者夏目漱石」を検討した勢いで、ようやく「逍遙に還れ」ということの意味を理解し始めたのである。
矢野峰人先生は京都帝国大学英文科の出身で、詩人でもあり、学風は上田敏に最も近い（と私は思う）。もちろん早稲田の人ではない。だが先生のすごいのは、そういうヨソ者だからこそ、「逍遙に還れ」と叫びながら、逍遙の「英文学者」としての活動を、その英語・英文学理解、そしてその文章表現に即して、具体的に精確に検討して見せられたことである。その有様は、本書中で後からまた触れることになろうと思う。

坪内逍遙研究はすでに大いになされてきており、ある局面においては微に入り細を穿つものとなっている。特に早稲田大学関係者による逍遙研究は、汗牛充棟の観もある。が、その多くは、かりに逍遙先生崇拝の姿勢は抑制し得ているとしても、どうしても早稲田本位の考え方が表に出てしまう。逍遙の伝記的な本となると、ますます逍遙と早稲田とが一体となって、逍遙自身の「生」（私は英語の life、生命とか生活とか生涯とかをひっくるめた「生きる姿」ほどの意味にこの言葉を用いたい）が見えにくくなる傾きが強い。それを何とか普遍的な視野のもとに引き出せないものか、といった思いに駆られることが多い。

こんなことを言いながら、私は比較的最近になって、河竹繁俊・柳田泉著『坪内逍遙』（一九三九年）に出会って、感嘆した。たぶん逍遙研究者が最初に読むべき本を、早稲田音痴な私はずい分遅れて繙いたわけだ。柳田氏が稿本をまとめ、河竹氏が特に演劇関係の記述を増補したと言うが、菊判八七五頁の大冊で、調査の綿密さ、展望の広さ、評価の客観性など、目を見張るものがあった。もちろん基本的に早稲田中心の価値観と逍遙先生尊崇の姿勢は貫かれているが、私の関心の中心である逍遙が積極的に英語・英文学と取り組んだ時期、言い換えれば彼が早稲田と一体化して見られるようになる以前の、本書の前半の部分の記述はのびのびとして、活気がある。私はヨソ者の観察を重んじるようなことを述べたが、早稲田の内なる人たちのこの大著（以下、本文中では河竹・柳田『坪内逍遙』と略記）に頼るところ多いことを記しておく。

なお一言。私は坪内逍遙の「学問」を彼の「生」の延長上に（というか、彼の「生」と合わせて）受け止め、考察したいのであるが、伝記的なことそれ自体に深入りしようという気持はまったくない。たとえば松本清張の「行者神髄」（『別冊文藝春秋』一九七三年三月―七四年三月、四回連載。伝記小説集『文豪』所収）とは完全に姿勢を異にする。この著者は逍遙が遊郭の女を妻にしたことを作品の主題とし、全篇をついやして考証やら考察らしいものを展開する。そして逍遙を、そういう結婚をした結果、死ぬまで躁揚《そうよう》と鬱憂をくり返した「修験道の行者」のごとき者と見立て、その「神髄」をここに語るといった趣きの作品であるのだが、逍遙の「生」のようすがであった「学問」への言及はほとんどなく、逍遙の学問的な著作への論及はまったくない。この種の「文豪」研究は本書における私の関心の外にある。私としてはただただ逍遙の「学問」を追跡したいのである。

第一章

最初の東京大学

坪内逍遙という学者は、まず誰しもが都の西北、早稲田と結びつけて思い浮かべる。が、彼の生涯は東京のはるか西、美濃国（岐阜県）の太田という、中仙道の小さな宿場町から始まる。この地にあった尾張藩の代官所付手代《てだい》（徒士格《かちかく》）、つまり武士と農民の間に位置する下級の地方役人を父として、安政六年（一八五九年）に生まれた。本名は勇蔵（のちに書き改めて雄蔵）といった。

話はいきなり脇道にそれ、しかも私事にわたっておこがましいが、逍遙の父の勤めた太田代官所は、小さな町とはいえ飛騨路への分岐点に位置する中仙道の要衝にあり、尾張藩六郡を支配下においていた。その六郡のうち一番東にある恵那郡というのが私の故郷で、そのまた東端にあってやはり中仙道の宿場町だった中津という町に、私は生まれ育った。その東はもう信濃の国で、山また山の木曽路に入る。逍遙の父が郡代のお役目でこんな山里にも何度か足を運んでいたかもしれないと思うと、私はこの人にふと懐かしさを感じたりする。田舎者どうしの懐かしさである。

話を戻して明治二年、逍遙十歳の時、この父が致仕、帰農し、名古屋市郊外上笹島村（と言っても今は巨大な名古屋駅のある場所、笹島）に引っ越すのに従って移住した。父は勤勉実直を地で行く人だったが、母は名古屋の酒造家の娘で、闊達に文芸や芝居を愛する人だったようだ。その感化もあって、雄蔵少年（のちの逍遙）は名古屋で観劇を楽しむことを覚えるとともに、小説類にも親しんだ。

逍遙が少年時代から芝居に親しんだことも大事だが、私がここで特記しておきたいのは、彼が「大惣」という貸本屋に入りびたって、当時の大衆読物（まだ明治初年のこととて、江戸後期に流行した草双紙《くさぞうし》、稗史《はいし》、読本《よみほん》のたぐい、代表例で言えば曲亭馬琴『南総里見八犬伝』のたぐい）を読みふけったことである。このことについて逍遙は、公けの場では、「くだらない草双紙ややくざな稗史類」を耽読したと否定的な表現をすることが多いが、実は彼にとって貴重な経験ともなっていたに違いない。「大惣」（大野屋惣八）についても、よい思い出をたっぷり語っている。「おそらく貸本屋としては、日本全国内に於ける最古のものであり、最大のものであつたらしく思はれる」と言い、最初は代々の主人が道楽で書を貯えていたのが転じて貸本を業とするようになったので、「維新前後には其蔵書が三棟の土蔵内に充満するに至つた」、見料も極めて薄利だったので、図書館のようにここを利用する人たちがいたなどと述べ、さらに自分についてこうも言うのである――「とにかく、私の甚だ粗末な文学的素養は、あの店の雑著から得たのであつて、誰れに教はつたのでもなく、指導されたのでもないのだから、大惣は私の芸術的心作用の唯一の本地、即ち『心の故郷』であつたといへる」（『少年時に観た歌舞伎の追憶』大正九年）。

さて、ここらで「英文学者」坪内逍遙に的をしぼって、彼の出発点を見る作業に入りたい。明治七年、十五歳の時、彼が官立愛知外国語学校に入学したあたりから語り始めるのが便宜かと思われる。これより前、明治五年に、明治政府は日本最初の近代的教育制度の法令とも言うべき「学制」を発布、日本全国を八つの大学区に分かち、それぞれの区に大学校を設け、さらにその予科として各区に外国語学校を設けることにした。そのようにして明治七年、官立愛知外国語学校は設けられたのだった。だから官立とは国立のことであり、その卒業生は大学校に進学することが予定されていた。逍遙は尾張藩士の子であり、藩校の後身と言えた名古屋県立の英語学校で学んでいたが、官立の外国語学校（間もなく官立愛知英語学校と改称）ができるとすぐそちらに志願、入学を認められたのだった。そして明治九年卒業、成績もよかったのだろう、県の選抜生となって上京し、東京開成学校に入学した。十八歳である。「学制」は立派な構想だったが、八つの大学校がすぐ全国にできるはずもなく、当時、地方の俊秀がこういう形で上京して勉学するのは、よくあることだった。愛知英語学校では一年後輩の三宅雄二郎（雪嶺）も同様にして（たぶん卒業しないで）上京し、開成学校に入っている。

ではこの開成学校とは何ものか。その成立の歴史は、幕末維新の動きと同様に複雑だが、大筋だけ追えば、日本の開国とともに必要に迫られて安政三（一八五六）年に開設された幕府の蕃書調所《ばんしょしらべしょ》が、洋書調所、開成所と名を変え、大政奉還とともに活動を停止していたのを、明治政府は洋学者の人材育成の必要から、明治元年、開成学校として復興させたのだった。だが翌年、幕府の最高学府だった

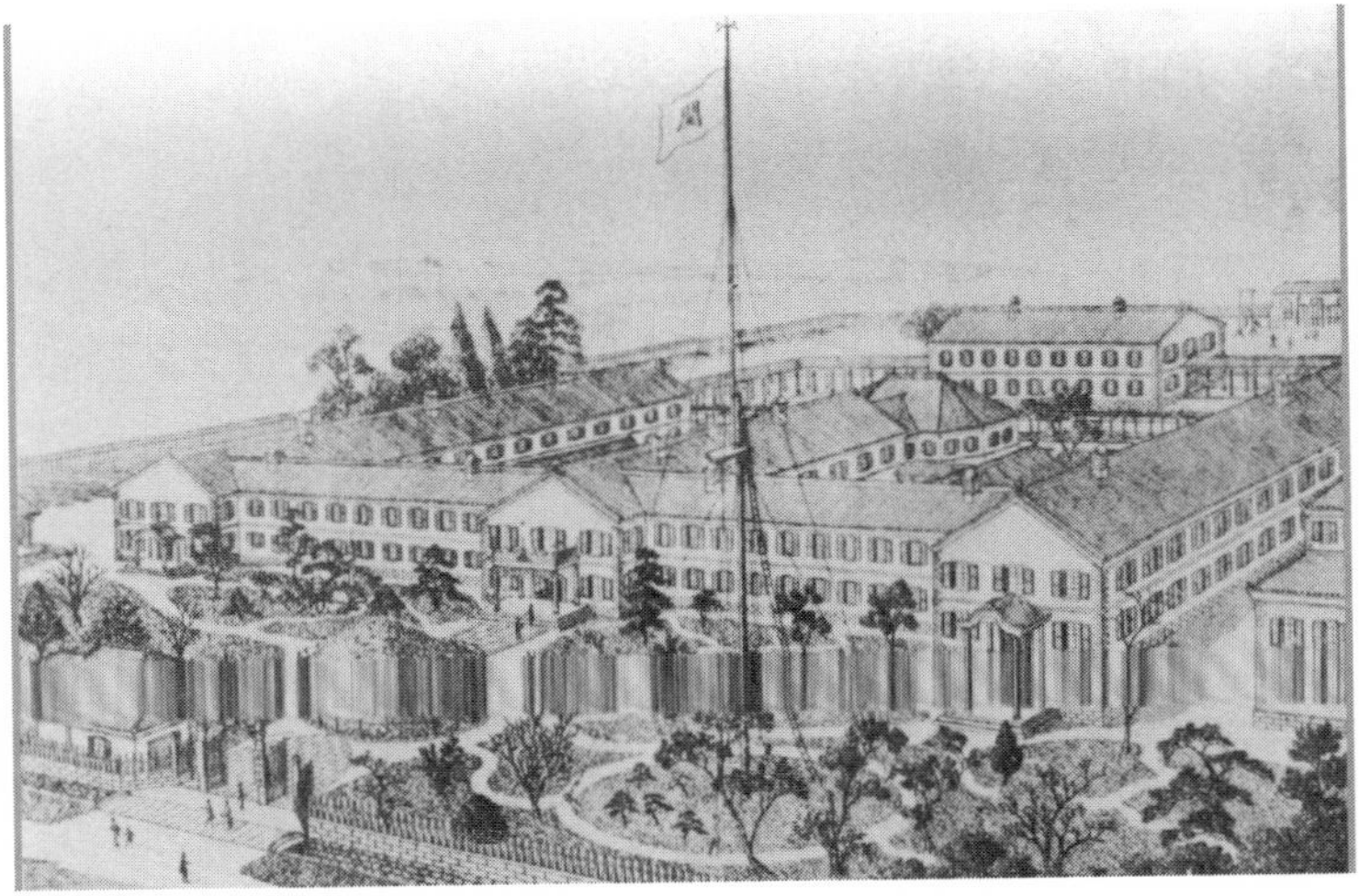

図版２　開成学校鳥瞰図（明治６年頃）
東京大学百年史編集委員会編『東京大学百年史　通史一』
（財団法人東京大学出版会、昭和59年３月）

昌平坂学問所の後身、昌平学校と、同じく幕府の医学所の後身、医学校の二学校と一緒に統合され、「大学校」となった。しかしこれが、「復古」を唱える国学派や、漢学派、および「開化」志向の洋学派の激しい抗争の場と化し、開成学校は「大学南校」、医学校は「大学東校」として、一種独立した存在となった(明治四年、大学本校は廃止され、文部省が設置される)。

こうして「大学南校」が、文明開化時代の「大学」としての機能を備えていくわけだ。外国人教師(いわゆる「お雇い教師」で、非常な高給を払っていた)も次第に多く採用された。そして大学本校の廃止とともに、大学という呼び方をやめて単に南校と呼ばれるようになったが、「学制」発布にともない、せめて東京だけは大学校に相当するものを設けるべく、明治六年、南校がその役を担うことになり、昔の名に戻って開成学校と改称、さらに翌七年、東京開成学校と改称された。ここでついでに注目しておきたいのは、専門を学ぶための予備教育として各地の官立外国語学校で英独仏の三か国語のいずれかを修得することになっていたのを、英語に一本化したことである。つまり、授業がほぼすべて英語でなされるようになったのだ。各地の外国語学校がすべて英語学校と改称されることになったのは、このためである。

以上、大筋だけ追うと言いながらごてごて書き記してきたが、明治初年、日本国家の動きと同様、教育機関もいわば右往左往を重ねていたことの結果にほかならない。ただそういう中で、唯一の国家的な「大学」が作られてきた。それが東京開成学校だったのである(ほかに東京医学校があったが)。この学校に、明治九年、坪内逍遙は入学した。だが翌明治一〇年、これが東京医学校と合併して、東京大学と称することになった。つまり名実ともに「大学」になったのである。

東京大学のうち、医学部だけはキャンパスも本郷にあり、一種独立した存在だったが、東京開成学校の延長線上にできた法・理・文の三学部は、東京英語学校の後身である大学予備門とともに、神田一ツ橋にあって、いわば大学の本部をなした。この東京大学は、明治一九年の帝国大学創設まで続くのである。

話をいささか戻すと、明治九年、逍遙は東京開成学校に入ったが、この時、全国七か所の官立英語学校から合計十九名が入学したという。そのうち東京英語学校の出身者からほんの数人の名をあげてみると、後で何度も言及することになる高田早苗や市島謙吉のほかに、田中舘愛橘《たなかだてあいきつ》（物理学者）、藤沢利喜太郎（数学者）、土方寧《やすし》（法学者）など錚々たる者で、それぞれに学問を切り開き、後に帝国大学教授となっている。まずは見事な勉学の士の集団だったと言えよう。彼らは普通科と呼ばれた予科の最下級に入れられたが、翌一〇年、東京大学になった時は「予備門」の最上級に入れられている。そして一一年、本科に進んだのであった。

東京大学になった年、明治一〇年の本科三学部の学生数は百五十七名、明治一二年九月（新学年）の時点で法学部五十、理学部十八、文学部四十名となっている。本科の三学部中、「文学韻事」に夢中だった坪内逍遙が文学部に入るのは当然のことだった。が、文学部は明治一一年の時点で言って、（第一科）史学、哲学、政治学科と、（第二科）和漢文学科（明治十五年に古典講習科増設）から成り、英文科などというものはない。「大惣」に入りびたっていた逍遙には和漢文学科が向いていたかとも思えるが、ここは「復古」派的講義ばかりで気が進まず、講義はすべて英語でなされる第一科に目を向けると、史学科は外人教師たちによる味気ない歴史の語り方に気乗りせず、哲学科はというと、就任早々の青年教師アーネスト・フェノロサの雄弁ぶりに恐れをなし、結局、政治学科に落ち着いたという（逍遙の自筆という『逍遙選集』の年譜で「政治経済科」に入るとあり、以後いろんなところでこの記述が踏襲されているが、明治一二年に史学科が廃止されて代わりに理財学科が出来、翌年かその翌年かにそれが政治学科と結びついて「政治学理財学科」と称したためではなかろうか）。

坪内逍遙はこうして東京大学文学部政治学科に入ったのだが、まわりの学生の多くは東京かまたはその周辺出身の秀才たちである。彼は大いに「田舎者」意識にさいなまれることになったようだ。自分の態度を卑下する思い、あるいは自分の才能を劣等視する気持が、彼を襲ったようなのだ。後年、彼がこの頃のことを語った文章——代表的なものは「回憶漫談（其一）」（『早稲田文学』大正一四年六月一二日）——には、そういう表現があふれている。

たとえば「田舎育ちの私」という言葉を使い、こう語る。「二十三四歳になつても尚ほたかゞ十八九歳の気持で、浮ッ調子でゐた。……少しでも余裕があると、新富座へ出かける、寄席へ行く。芸術欲は相応にあつたが、どういふ主張も主義もなかつた。」「私は齢よりもずつと後手《おくて》で、子供げた男であつた。……諸同窓よりも齢は一歳の兄だつたが、柄も、学問も、智慧も明かに劣等であつた」という調子だ。とくに注目しておきたいのは、「稚《ち》気と暢《のん》気《き》と無主義とで終始してゐた」ため、「曽て一人の敵もなく、喧嘩口論をしたこともなかつた」と語ったのに続けて、「敵が無かつたといへば、私には、本当の意味では、一生涯、只一人の師匠も無かったといつてよい。……大学に入つてからとても、通り一遍の聴講をしてゐたゞけで、どの教師からも是れぞといふ感銘を受けたこともなかつた」と述べていることである。

このこととたぶん関連すると思うのだが、逍遙は大学に入って西洋文学を読むようになっても、あの「大惣」仕込みの、つまり「田舎」仕込みの戯作的文学を心のどこかで捨てきれないでいた。だからこそだろうか、これを激しく罵しりもするのである。その表現もいろんなところでなしているが、代表的な一例だけ示せば、「曲亭馬琴」と題する文章（『逍遙選集』第十二巻所収）で、大学における自分の学問の晩手《おくて》ぶりの理由をこんなふうに述べている――「私には夙《はや》くから悪い虫が付いてゐた。小説、稗史――といつても、今日のとはまるで質の違つた実際の何の役にも立たん『草双紙』又は『よみ本』といふ戯作の虫に、七つ八つの時分から、まるで蝻《だに》のやうに喰込まれてゐた。殊に、馬琴といふ毒蝻めが私を長い間一種の低能児にしてしまつた。或ひは、今も尚ほ脳のどこいらかに余毒を残してゐるかも知れない。」馬琴への悪態はえんえんと続くが、自分の「低能さ加減」を具体的に語ることんな文章にもなっている――「馬琴のあの機械的な、あほだらめいた七五調のマンナリズムやあの牽強付会な併しながら如何にも豊富な、講釈沢山《たくさん》の、物体《もったい》ぶつた脚色やに惑溺し切つてゐた私」。

逍遙のこういう最低の極みと思える自己評価の表現は、彼の弟子筋には、ごく自然に彼の謙虚な人格、あるいは謙遜癖のあらわれと見られている。もちろんそれもあるに違いないと私も思う。だがもう一つ、まったく逆の、彼のひそかな自己主張もここにはにじまされているのではなかろうか。初めて接することになった「都会」の人たちのいわば軽薄な才子ぶりに対する反発や軽蔑感のようなものを、自己卑下によって逆説的にあらわそうとしたようにも思えるのだ。大袈裟に、自分をほとんど戯画化しておとしめる表現は、まさに彼の読み耽って得意とする戯作の口調でもある。

もちろん、逍遙はいま西洋の文明を学ぶ大学におり、西洋の言語や文学を学ぼうとしている。この文明開化時代、かりに西洋を近代的な都会とすれば、日本は前近代の田舎である。しかも自分はそういう日本の、そのまた田舎から出て来た。自分の田舎者ぶりを強調し、自分のかかえる教養（馬琴に代表される化政度文学）の「あほだらめいた七五調」を強調することは、自分が学ぼうとしている対象との距離をはっきりさせ、自分の姿勢を整えていく上での前提作業でもある。逍遙はそれをゆっくりと、入念にやっていたようにも思える。だからこそ、馬琴をさんざん罵倒した後でも、彼は馬琴の『八犬伝』とギボンの『羅馬《ローマ》衰亡史』を並べて、ともに「巨人」「天才」の仕事であったと認めるのである。「馬琴のやうな、謹厳な、用心深い、どちらかといへば常識的な巨人」といった締めくくりの言葉は、ほとんど彼（逍遙）自身について述べたもののようにも思える。

逍遙の「田舎育ち」の強調について、自分のことをまたここに持ち出すのはおこの限りだが、先程述べた逍遙の父が下っ端の役人として関係した尾張藩の東の端、木曽谷の入口の町に生まれ育った私は、自分をよく「木曽の猿猴」と称してきた。これにももちろん自分を卑下する気持が混じってはいたけれども、私はしだいに強く、「都会」的な才気偏重とか、そういうものの反映としての皮相的アカデミズムへの批判の思いを込めて、この言葉を使うようになったと思う。そんなお笑い草の心情とはもちろんレベルが異なるに違いないが、逍遙のほとんど執拗なまでの田舎者ぶりの強調には、私はなかば自負をまじえたような彼の自己流の生き方追求の努力を感じるのである。

さて、こうして東京大学の学生となった坪内逍遙は、具体的にどういうふうに行動し、勉学していたか。入学して第一年目は、まだ発足したばかりの文学部全体が合併授業で、しかも法学部との共通授業が多かったから、かなり多様な聴講ができたと思われる。田舎者を自覚する彼は一人離れて孤独を楽しむ傾きもあったが、東京育ちで多才だが度量も大きく、彼の引き回し役になってくれる高田早苗（半峯）のような親友も得た（二人の交友ぶりは高田の自伝『半峯昔ばなし』に生き生きと語られているが、同書中の随所に挿入された逍遙の感想文も好個の資料となる）。

だがこのあたりから、英語英文学に的をしぼって、大学内部の様子を伺うことにしたい。開成学校時代の明治六年、英国人サマーズ（James Summers）が赴任して英文学を教えた。「日本で最初に英吉利文学の講筵を開いた人」（重久篤太郎『日本近世英学史』一九四一年）とか、「わが国で初めてシェイクスピアを講義した人」（『日本の英学一〇〇年・明治篇』一九六六年）とかとされるが、彼は明治九年に退職し（後に札幌農学校で教え、明治一七年頃、築地でサンマース英語学校［通称］を開いたという）、その後任の形で明治一〇年、米国人でイェール大学を卒業したホートン（William Addison Houghton）が来た。就任時で二十八歳。たった五年間の在職だったので早々と忘れられてしまったが、もっと注目されてよい仕事をしたように思える。彼の具体的な授業については、山口静一「東京大学草創期における英語英文学講義」（『大村喜吉教授退官記念論文集』一九八二年）がよい助けになる。逍遙を念頭におきながら見てみよう。

ホートンは一年生の英文学（法学部一年と共通）週四時間、二年生の英文学週四時間、および理学部の英語各学年（四学年あった）週二時間で、合計十六時間教えた。現在流に言えば週八コマで、かなりの時間数だが、教員が各自、文部省に提出する「申報」によれば、熱心な授業ぶりであったように思える。逍遙が入学してきた明治一一年の彼の法・文学部共通授業は、テキストにH. Sprague編 *Masterpieces in English Literature* というアンソロジーを用い、講読したらしい。山口氏の紹介によると、「チョーサー、スペンサー、シェイクスピア、ミルトン、バニアンの長篇を撰した所謂『英文学大家文集』だが、生徒はミルトン三大篇の一を除いてすべてを読了したと報告されている」そうだ。先生もだが、学生の勉強ぶりにも感嘆させられる。

その授業について、高田早苗は「ホートンといふ英文学の先生の懇切丁寧な教を受けて居たから」、自分たちは外国文学の趣味を多少は持っていた、と評価している。が、半峯のこの言い方に対し、逍遙は注記するようにこう言うのである（『半峯昔ばなし』）。

英文学はホートンといふ紳士的教授の受持で、チョーサーやスペンサーやミルトン、シェークスピヤを主として講じた。学殖は豊富らしかつたが、講義振は純然たる学究だつた上に、眠たい、低い調子でポツリ〳〵而も私にはやつと六七分通りしか解らない英語で講じたのだから、課目には同情を持ちながら、なまけ者の私などは余り裨益する所がなかつた。

逍遙の受け止め方には、例のごとく自分の「なまけ者」ぶりを強調して謙遜の響きもあるが、かすかに不満の思いをにじませているような感じもある。いずれにしろこの微妙な証言にすぐ続けて、いまやあまりにも有名な、次のような証言を彼はしている。

シェークスピヤの『ハムレット』の試験に王妃ガーツルードのキャラクターの解剖を命ぜられて、初めての時には其意味が解りかね、「性格を評せよ」といふのだからと、主として道義評をして、わるい点を付けられ、それに懲りて、図書館を漁《あさ》り、はじめて西洋小説の評論を読み出した。

この苦い体験が逍遙の「学者」としての最初の自己証明的作品となる『小説神髄』執筆へとつながっていき、明治文学史上最も興味深いエピソードの一つとなるわけだが、これについてはまた後から触れたい。「道義評」の背後には「大惣」で養われた江戸小説の勧善懲悪主義が生きており、ここでは「田舎育ち」の逍遙がまだ新時代の「都会」的教養を体得できず、辟易し、苦労していた姿の一端をうかがうに留めておきたい。

ところで、この頃から「東京大学の学生の間に、西洋文学熱が起った」と河竹・柳田『坪内逍遙』は述べ、その年表中でも明治一一年のこととして記入している。後の英文学者逍遙にとって重要な出来事と見て記入したわけだが、たぶん『半峯昔ばなし』によったものであろう。半峯によれば、開成学校時代からの友人だった丹乙馬《たんおとま》は「英語に頗《すこぶ》る熟達し」、「日本に於て西洋小説といふものを初めて読んだ一人」であると思われるのだが、彼のすすめで半峯自身も西洋小説を読み出した。ウォルター・スコットの『ロブ・ロイ』から始まって、『アイヴァンホー』『ケネルワース』といったようなロマンスを、『八犬伝』や『弓張月』のように読み耽り、さらにはエドガー・アラン・ポーの小説、ブルワー＝リットンの著作なども読んで、「可なりな西洋小説通となつた」と言う。それから半峯はさらに語を継ぎ、「名古屋に居る時分から、其地の大貸本屋の小説を大がい読んだといふ親友坪内君にも西洋小説を読む事を勧めて、遂に此人も亦西洋小説通の一人となつた」と言う。

その次のエピソードも面白い。半峯らはこうして自分たちの西洋小説通《つう》ぶりをひそかに自負したのだが、ある時、神田小川町辺の牛肉屋に入って飯を食っていると、隣席に横浜出身の大秀才で二学年先輩の岡倉覚三（天心）らがいて、談たまたま西洋小説の事に及ぶと、岡倉はヴィクトル・ユーゴーの『レ・ミゼラブル』の話をし出すので、半峯も「負けぬ気」でスコットの『アイヴァンホー』の略筋を話す、といったふうであった。「西洋文学、殊に其小説を日本の学生が読み始めたのは其頃からだと思ふ」と半峯はこの話を結んでいる。

ところが逍遙は、丹乙馬や半峯君自身や岡倉覚三君らが「最も広く小説を嗜読《しどく》してゐた」ことは認め、自分の「西洋小説に対する好尚は、主として半峯君の誘掖《ゆうえき》によつて呼び起された」ことも認めるのだが、同時に「田舎育ちの私」は「幼時から化政度の戯作に親炙してゐた」ことも強調し、西洋熱を多少冷めた目で眺めて見せている。

その時分——明治十三四年頃——の東大で、西洋の純文学に多少批判的の興味を持つてゐた学生は、存外尠《すくな》かつたものだ。……厳寒期の小使部屋の炉辺は寄宿舎中の一等暖い処なので、そこへ学生が折々寄り集るのが例であつたが、そこで高田君と岡倉君とが小説論に華を咲かすことが時々あつた。ギューマと馬琴、スコットとリットンの優劣論などは、今尚ほかすかに耳元に残つてゐる。

その頃私は無言の傍聴者たるに過ぎなかつた。

半峯の自伝に自分の昔をふり返ってちょっと注記しただけの文章だが、私には英文学者坪内逍遥の神髄が一幅の絵となって現われているようにすら見える。大学の寄宿舎の片すみで、新しいもの好きの（都会育ちの）秀才たちが、読んだばかりの西洋の文学について尤もらしい議論に耽っている。前記引用文中で「多少批判的の興味」というのは、「critical な、何らかの主義・主張を持って」ほどの意味であろう。半峯や天心はそれだった。が、田舎育ちで友人から「無主義的《アンプリンシプルド》」と言われるほどにのんびり者だった坪内青年は、議論に加わることなく、そのかたわらで「無言」に徹し、まるで居眠りの体だ。が、その実、聴き耳だけは立てて、議論の内容を「傍聴」している……。だから四十数年前の、ギューマと馬琴の優劣論などという青くさい議論が、「耳元」に残っているのである。

図版３　高田半峯と逍遙（大学卒業後間もない頃）
F73-00349「坪内逍遙と高田早苗」早稲田大学演劇博物館所蔵

逍遙は決して新しがり屋でも、「主義」をふりかざして利口ぶる才子でもなかった。むしろそういうものに背を向けておっとり構えている田舎者だった。が、そういった外観の背後で、着実に知識を吸収し見識を養っていた。その姿勢が、しだいに彼を学者として（あるいは教育者としても）大きくしていったように思える。

大学における逍遙の勉学の情況の検討に戻りたい。明治一四年、第三学年の時、彼はフェノロサの政治学の試験に失敗し、落第してしまう。失敗の理由はいろいろ考えられるが、この際それは重要でない。重要なのはこの結果、彼がいわばハッと我に返り、勉強の姿勢、ひいては文学との取り組みに、真剣さを加えたように見えることである。

落第によって、逍遙は四年の修学期間を五年かけて卒業することになった。この五年間を今、日本における英文学という観点からふり返ってみると、誰しも気づくのは読書界一般で英国小説の紹介移入が始まりかけた時期だったことである。織田（丹羽）純一郎によるブルワー＝リットン作『アーネスト・マルトラヴァース』の翻訳（漢文直訳体の抄訳というか自由訳）小説『欧洲奇事花柳春話』（明治一一年）が出て、才子佳人が苦労のあと結婚するまでの話だが、折からの西洋崇拝熱に乗って大評判になり、この後「─春話」とか「─情話」とかといった言葉を織り込んだ著訳書を氾濫させるもとになった。ブルワー＝リットンに的をしぼっておくと、彼の有名な歴史小説『ポンペイ最後の日』を、織田は『欧洲奇話寄想春史』（明治一二年）と題して抄訳し、不老長寿薬を扱ったオカルト小説『ア・ストレンジ・ストーリー』を、井上勤《つとむ》が『開巻驚奇龍動《ロンドン》鬼談』（明治一三年）と題してやはり漢文直訳体で訳している。やがて自由民権時代になると、織田は政治小説家や政治ジャーナリストとしても名をなし、井上はジュール・ヴェルヌからシェークスピヤまで多方面の翻訳をして知られた。

ただし織田も井上も大学などで文学を正規に学んだ者ではない。高田半峯のような優れた友人に西洋文学かぶれの俊秀たちの間を引き回されている間は、自分を「田舎育ち」としてその種の熱気から距離をおいていた逍遙だが、こういういわば素人たちの活躍を見ると、自分だって、といったような思いも育てていたに違いない。

実は東京大学の中にも、英米文学を学び取って、新しい時代の日本文学の発展に役立てたいとする動きがあった。すでに述べたようにこの大学の教員は大部分が西洋人だったが、日本人もいなかったわけではない。英国や米国留学の体験がある社会学者で、文学部長を勤めている外山正一、その外山に開成学校で習ったことのある東洋哲学者で、文学部助教授に採用されたばかりの井上哲次郎、それからやはり米国留学をしてきた植物学者で、理学部教授の矢田部良吉の三人は、いずれも英文学者ではないわけだが英米の詩歌をいくらか読んでいて、シェークスピヤの有名な「ハムレットの独白」とか、ロングフェローの「人生の詩」とかを、伝統的な七五調ではあるがほとんど「平常ノ語」を用いて翻訳、三人の共著『新体詩抄』（明治一五年）を出版した。日本伝統詩歌の美をまったく欠くものとしてさんざんの悪評を蒙ったが、西洋詩歌の思想性や自由な表現形式を伝えるものとして歓迎する向きもあり、逍遙もそれに近い姿勢でこれに注目していたことは間違いない（『小説神髄』中「小説総論」参照）。

明治一〇年に開設された最初の東京大学は、幕府の最高学府を受け継いで新時代に対応しようとしていたが、新しい教育方針はなかなか確立しにくく、ましてや新しい研究活動となると方途も見えにくかったのではないか。そしてわずか九年で消滅したので、歴史的に何となく軽く見られがちである。だが、私には、第二次世界大戦後の新しい東京大学の教養学部に似たところがあったように思えてならない。比較的小ぢんまりとした組織の中で、構成三学部があまり専門化せず、『新体詩抄』誕生のプロセスに見られるように学部相互の自由な交流もあり、知的な活気があったのではないか。学生たちも新しい時代の発展を導こうとするたぐいの意欲を持っていた。英文学者坪内逍遙の育成のためにも、決して渺《びょう》たる存在、渺たる時期ではなかった。貸本屋「大惣」で仕入れた膨大な江戸大衆文学の知識を教養としていたこの「田舎育ち」は、ぼやいたり、ひとり引っ込んだりしながらも、しだいに西洋熱を持って都会文化と向き合い、そういう世界で文学活動をする人間に練られていったように思われる。別の観点から言えば、坪内逍遙はゆったり成長型の学者だった。成長の姿は、時間をかけて現われてくるのである。

第二章

文学士の翻訳家

英文学者坪内逍遙というと、私たちはすぐにシェークスピヤと結びつけて思い浮かべる。ホートンの授業における彼の失敗の思い出が有名なエピソードとして残っているのは、それが彼のシェークスピヤ研究と結びつくように思えるからだ。もちろん彼の演劇への関心も、常に彼のシェークスピヤ研究と一体となっていた。しかし逍遙のシェークスピヤ研究、とくにシェークスピヤ全訳の仕事は、もちろん集中的になされた時期もあるけれども、全体的にはいわば生涯かけて徐々になされた（これを追跡する仕事はすでに多くの人によってなされているので、本書では必要に応じて瞥見するに留めたいと思う）。逍遙の英文学との取り組みは、大学における仲間たちと同様、まずは同時代、あるいはほんの少し前の時代の、近しい感じのする小説から始まった。

逍遙の引き回し役を自ら任じていた高田半峯は、自分がまず最初にスコットの小説を読んだ理由を「『八犬伝』や『弓張月』で頭が出来て居る」からだと述べたが、逍遙がスコットやブルワー＝リットンあたりから英国小説に入っていったのも、半峯の勧めに加えて、同じような「頭が出来て」いたからだろう。むしろその頭は半峯以上に出来ていた。

明治一三年四月、まだ大学の第二学年だった時、逍遙は『春風情話（第一篇）』なる本を世に出した。ウォルター・スコットの小説『ランマムーアの花嫁』（*The Bride of Lammermoor*）を訳したものである。スコットランドを舞台にし、偶然のことから仇敵の娘と愛し合い、婚約するが、女は奸計によって他家に嫁がされることになり、男は奸計を進めた女の兄に決闘を申し込む。女は狂乱し、結婚の夜、夫となる男を殺して死ぬ。決闘の場へ赴く男も、途中で引き潮に浚《さら》われて死ぬ、といったストーリーで、スコットの小説中、最も悲劇的感情が高いとされる作品である。逍遙は訳著への「附言」で、「いはゆる悲壮の躰《てい》とて、悲哀をもて一篇の主意とし、言葉の花ことにうるはしく、筆の文もいとめでたく、そのこゝろむけの巧《たくみ》なるにいたりてはげに一唱三嘆の妙ありとやいふべからん」とこの原作をたたえている。そして後年の『選集』（別冊第二）に引かれる「追憶談」で言うように、他の翻訳小説で全盛の漢文くずしはスコットやリットンには不向きだとし、自ら「心酔して」いる馬琴調は「純大衆向きと高等読者向きとの間を縫ふに適した文体」であると信じて、その文体を用いて訳したのだった。ただし例によって彼は自分の仕事を「いたづら半分、試み半分、変な訳をして見たのであった」と言っている。だがこれは、都会人流の自己宣伝的表現にすれば、「自由に、いろいろな実験をしながら、挑戦的な翻訳をしてみた」ということのようでもある。

西洋の物語を日本の読者に理解してもらうために、逍遥はさまざまな工夫をしている。たとえば「附言」の冒頭で、彼は作者の名前を「公《ソル》・欧垂《オルタル》・蘇格《スコット》」と紹介している。だが、人名や地名はこのように原音の漢字表現の工夫ですんだにしても（「公《ソル》」はSirの翻訳）、社会風俗から家具調度にいたるまでをどうやって日本の読者に分かってもらうか。逍遥はそのすべてを日本の武家時代の様式に翻案し、意訳して見せている。とんでもない苦労だったに違いない（楽しみでもあっただろうが）。さらに目を見張るのは口絵挿画で、これまた「附言」で自らが言うように、「文中の心をしらしむる助《たすけ》」とするため、「僕《おのれ》がさかしらもて」全部を浮世絵画家に依頼して全くの草双紙風のものにした。つまり登場人物は皆、男も女も、武家時代の日本人そのもの姿に画かれているのだ。「逍遥の思ひ切った挿画史上の破天荒なこの企て」は、「スコットの原作と日本のその当時の読者とを繋ぐ上に、一つの、そして意味のある役目をしてゐる」と弟子の本間久雄氏は評価している（『坪内逍遥――人とその芸術』一九五九年所収「春風情話――スコットと馬琴と」）。

ただし「附言」の中には、西洋小説の翻訳がなかなか原意を伝え難いものであることを言いながら、なおかつ「後段の伏案、前章の照応とも見ゆめる所にはかならず心を用ゐて一字一句といふともおろそかにせず、また言葉も幼童《をさなきひと》のこころゑやすからんをむねとしつれば」云々と、逍遥としては珍しく苦労話を誇らしげに述べる箇所もある。

この翻訳は原書の五分の一ほどを訳して「第一篇」として出しただけのもので、訳者名は橘顕三となっていた。学生である坪内雄蔵の名では出版社も見つけにくかろうというので、東京英語学校における高田早苗の先生の名義を借りたものだった。そしてこの橘の知人で和漢の文学に造詣深い小川為次郎に校閲添削を頼み、序文も書いてもらった。逍遙はこの仕事を収入欲しさにやったらしい。四六判一〇四頁の小冊子である。第二篇以下が出なかったのは、出版社から続篇の依頼がなかったからではなかろうか。いろんな意味でアルバイトのやっつけ仕事の要素が大きいが、「英文学者」逍遙が真剣な面ものぞかせており、無視してよいものではなかった。逍遙の最初の出版物であり、スコットの作品の最初の邦訳と言えるものでもあった。

この出版からほんの三、四か月後、明治一三年の夏休中に、逍遙はスコットのさらに有名な作品、物語詩『湖上の美人』(*The Lady of the Lake*)を翻訳した。やはり『選集』(別冊第二)に引かれる「追憶談」によると、彼が六、七分、半峯が三、四分訳し、遅れて明治一七年、やはり東京英語学校時代の高田の先生だった服部誠一(撫松)纂述の名目で(と言うより「うつかり読むと、支那小説の訓読かと思ふやうな箇所が多く」なるくらいに撫松が大幅に手を入れて)、『泰西活劇春窓綺話』と題して出版された。もともと撫松の『東京新繁昌記』や成島柳北の『花月新誌』その他の「漢文調の雑著を耽読してゐて、胡摩かしの漢文くづし——支那小説口調——は二人とも一通りは書けた」ので、その調子でやってのけた「筆ずさび」だったわけで、逍遙はこの「追憶談」をこう締めくくっている——「『春窓綺話』は、私の筆といつても、それは、書き上げてから、師匠に筆勢を附け直して貰った小学生のお清書のたぐひである。」

こういうしだいでなった訳著なので、この翻訳を原作と対照しながら検討することはたいそう難しい。そもそも、逍遙自身の訳文と撫松の添削文とを区別することが、第三者には不可能に近いのだ。作品中、最も有名な短章の一つに、女たちが家長（名はダンカン）の死を嘆く挽歌"Coronach"がある。最初の四行だけ引くとこうだ。

He is gone on the mountain,
　He is lost to the Forest,
Like a summer-dried fountain,
　When our need was the sorest.

参考のために、これより十年後に塩井雨江が『湖上の美人』と題して出版し好評を博した翻訳のこの部分は、こうなっている。

足《あし》曳《びき》の　奥山知らず　魂《たま》しひは
隠れいにけり。　かしは木の　森陰見えず
我　君　は　隠れいにけり。　夏の日の
わきてもほしき　はしり井の　井出の清水の

一《ひと》雫《しづく》、雫《しづく》もとめず　かれしごと
枯れにし人の　面かげの　我は恋しや。

原詩の意味はきっちりとらえて、枕詞などを多用しながら、五七調で、完全に日本化した語法をくりひろげ、丁寧ではあるが何とも間延びした表現となっている。『春窓綺話』では、これを漢詩に訳している。

壇漢《だんかん》攀登《ス》千丘壑。陰霧穿去跡漠々《ウガチサツテアトバクバク》。最相憶《アヒオモフ》時隔《ツ》幽冥。血涙幾回訴《フ》碧落《ニ》。恰《アダカモニタリ》　似炎々三伏《ノ》熱。最思水時泉流涸。

私には漢詩を評価する能力などまったくないが、これまた漢文のいろいろな語を補って、直截簡素な原詩の表現の味わいからは遠いものになっているような気がする。問題は表現過多のこの訳文が、逍遙自身によるものか、「師匠に筆勢を附け直して貰つた」結果のものか分からないことだ。『春窓綺話』の翻訳で逍遙が馬琴調よりもむしろ「漢文くずし」を用いたのは、原作の表現が「詩」としての風格を持つことを、何とか反映させようと思った結果かもしれない。ところが不思議なのは、この訳本の漢文で書かれた「自序」が原作を終始「小説」と呼び、（読み下し文で引用すれば）「泰西人ハ善ク小説ヲ作り、其ノ著ハ唯ダニ翠ヲ刻シ紅ヲ剪リ綺《キ》語豔《エン》詞以テ人情ヲ眞写シ風俗ヲ細述スル

［ノミ］ナラズ、婉々曲々政治ヲ論ジ民情ヲ説キ読ム者ヲシテ眞ニ喜ビ眞ニ怒リ眞ニ悲ミ眞ニ感ジ覚ヘズ奮起セ使《シ》ム」云々と、後の『小説神髄』につながる主張を展開しながら、原作が「詩」であることにはついに触れていないことである。彼の関心は明かに小説に向き、「政治ヲ論ジ」ることに向きつつあった。

それにしても、河竹・柳田『坪内逍遙』によると、『春風情話』は明治一二年の冬休みに病兄のお伴《とも》をして熱海へ行き、翌年一月まで富士屋に滞在、「看護の暇々《ひまく》に」訳したもので、『春窓綺話』は翌一三年の「夏季休暇中の筆ずさび」として出発し、一五年六月に高田が母を失って財政上窮乏したので、急遽仕上げたものらしい。後者は共訳で、しかも作業を中断していた時期があったようだが、とにもかくにも全訳である。あれこれ勘案すると、逍遙は非常な集中力をもって翻訳を進めたのではなかろうか。あるいは、この「田舎育ち」は、翻訳だと余分な都会的社交を免れられることを愛《め》で、積極的に、あるいは熱中してこれと取り組んだのではないか、という思いもする。

時期を先走るようだが、翻訳の話をさらに進めておくと、『春窓綺話』の出たほんの数か月後の明治一七年五月、今度は（ようやくにして）シェークスピヤ作品の翻訳（逍遙一人による完訳）『該撒奇談自由太刀餘波鋭鋒《じゆうのたちなごりのきれあじ》』が出版された。「該撒」とはシイザルの漢字表現であり、原作は *Julius Caesar* である。『春窓綺話』の「自序」にも現われていたように、逍遙も政治学科の学生らしく、ようやく政治に関心を強めてきており、この作品のテーマは彼の好みに合ったのだろ

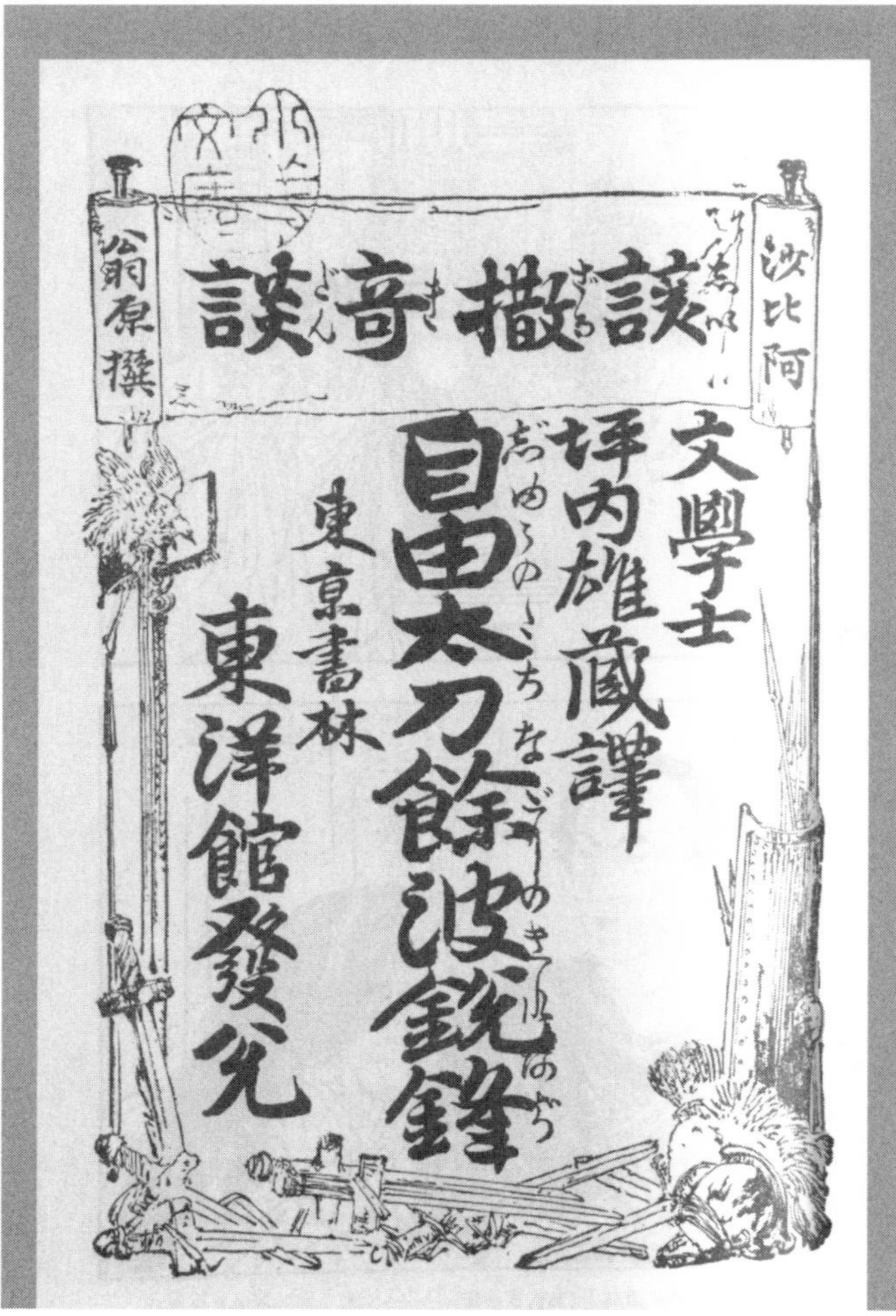

図版４　『該撒奇談自由太刀餘波鋭鋒』初版扉
F73-00076『該撒奇談自由太刀餘波鋭鋒』早稲田大学演劇博物館所蔵

う。そして従来の二冊よりはるかに入念な仕事ぶりを示している。河竹・柳田『坪内逍遙』によると、明治一五年には訳し始め、一六年一月頃には一応訳了したという。だがそれから修正を重ねた。後から述べる高田半峯の親分格の法学者兼政治家、小野梓《あずさ》が経営していた東洋館の刊行で、表紙には「文学士坪内雄蔵訳」と大書していた。逍遙はすでに東京大学を卒業して「文学士」になっており、その肩書を冠した初めての本名による出版である。「学士」は先にふれた「学制」の記述から、大学の卒業生に与えられる「学位」として高い権威を持つものであったことが分かる。帝国大学になってからの「学士」は単なる「称号」であり、その社会的威信の下落は現在にまでいたっている。大学が始まったばかりの逍遙の時代、彼や彼の出版社が真剣な著作で「文学士」を誇示したのは、まったく妥当なことと言えた。ようやく「英文学者」坪内逍遙が打って出てきた感じだ。少しこまかく本の内容を検討してみたい。

　逍遙は巻頭の「附言」で、「原本はもと台帳「帳簿、元帳ではなく、芝居の台本を指す」の粗なるものに似てたゞ台辞《せりふ》のみを用ひて綴りたる者《もの》なれば所謂戯曲にはあらず」と言う。ここで逍遙の所謂《いわゆる》戯曲とは、英語で言うドラマを指すのではなく、日本の浄瑠璃などのように、「せりふ」と筋書きを合わせて語り進めるものを指したようだ。逍遙はすぐに続けて、自分はわが国の人のために「わざと院本《いんほん》体に訳」したと言うが、その「院本」とはまさにこれであろう。以下、逍遙は「全文意味の通じ易きを専要とし」、台辞だけで解し易いところは原本通りとしたが、浄瑠璃風がよいところはそのようにした。しかし彼我の考え方が異なってどのようにしても訳し難いところは、「訳者の意匠をもて」

わざと取捨し換骨したと言う。「原文の意は成るべく失はざらんを力め」、いろんな方法、姿勢を織りまぜてなした苦心の翻訳というわけだ。

たとえば作品の冒頭（第一齣《まく》第一場）は、ローマの都に大総裁のジュリアス・シイザルが驍将ポンペイを攻め亡ぼして凱旋してくるのを出迎える市民たちと、その騒ぎを抑えようとする警官とのやりとりである旨、美文まじりの作者の言葉で説明があり、それからそのやりとりが再現される。市民の一人の靴直しの男が警官に職業を問われて腹を立て、“I am, indeed, sir, a surgeon to old shoes; when they are in great danger, I recover them. As proper men as ever trod upon neat's leather have gone upon my handiwork.”と、靴直しであることを靴の外科医だなどと、冗談まじりの駄法螺に転じて答えたのを、「古靴の外科医者で御座り升《ます》、ドンナに弱った古靴でも、私《わたくし》がチョト針一本、すれば忽地《たちまち》、瘡《きず》全快、貴公《あなた》さまの前で御座り升《ます》るが、世間でも私《わっち》の細工の上手なのは、へゝ、評判で御座り升《ます》」と、かなり原文に忠実に、しかも（後半の文章は原意を理解しそこねての苦しまぎれの産物かもしれぬが）かなり自在に訳して見せた後で、「と靴直しとは流石《さすが》にも、いひとむなさ［言いたくなさ］の負惜み、飾栄《かざりばえ》なき職業の、上辺《うわべ》を飾るぞ可笑《おかし》けれ」と作者の言葉で注釈、感想を入れて、叙述を進める。大体こういう調子で、西洋のドラマ体ではなく、まずは日本の浄瑠璃体で内容が展開していくのである。

この作品で衆目の認めるヤマ場の一つ、アントニーの演説（第三齣第二場）を見てみよう（逍遙はこの作品をまずここから訳し始めたと言う）。その演説の有名な導入の文句、“I come to bury Caesar, not to praise him.”が「素《もと》より自分は此所にて、亡き獅威差《しいざる》の功勲を称賛せんとの所存にあらず、只《たゞ》彼《か》の人の亡骸《なきがら》を、収むる式を行はんと、思ふまでにて候」と、原文の簡潔さは失せ、かなり緩慢で、しかもしゃべり言葉から程遠い候調になっているが、一応原意をきっちり日本語に移してはいる。アントニーは演説の合間にさまざまな仕草も入れるのだが、その部分は「と頭《かうべ》を垂れて黙然たる」といったふうに、訳者の文章で補って説明する。アントニーがしだいに雄弁になって、あれだけ偉大だったシーザーが暗殺され、一夜にして無視される存在になっていることへの無念さをあらわす條《くだり》はこうだ。

But yesterday the word of Caesar might
Have stood against the world; now lies he there,
And none so poor to do him reverence.

昨日までは、宇内《うだい》万国を戦栗《せんりつ》せしめし、其獅威差《しいざる》もうたかたの、あはれはかなき屍《しかばね》と、なり果《はて》たりし今日只今《こんにちたゞいま》、賎《いや》しき乞食《こつじき》非人さへも、空しきから［なきがら］に対しては、又《また》敬礼をなすものなし、人の心は秋天《しうてん》の、定めがたかるならひながら、あまりといへば甚《はなはだ》しき、飜覆《はんぷく》表裏常なきありさま、ア是非もなき事共《ことども》ぢやなア。

前半は美辞麗句を連ねながらも原文にそった訳文だが、後半、「人の心は」以下は全く原文にない言葉で、むしろ訳者の述懐である。

さらにアントニーが、ブルータスの剣でシーザーが殺される情況を目の前に見るように語りながら、ブルータスの非人間性を弾劾する次の條《くだり》に来ると、原文とつながってはいるのだが訳者の筆が奔放に踊って、半創作と言った方がよいようだ。

かくまで殿下［シーザー］に愛されたる、身にありながら残忍にも、又《また》非道にも恩人の、御身に刃《やいば》を当《あつ》るとは、不義無仁《むじん》の人非人《にんぴにん》、千万人をも怕《おそ》れざる、勇武無双の殿下なれども、其子に同じき無妻多須《ぶるたす》が、恩を忘れ義を忘れし、刃《やいば》に刃《は》むかふ義勢《ぎせい》なく、浮世を観《かん》じて敢《あえ》なくも、斗筲《とそう》［小さき器量］の輩の剣の下に、マッ此如《このごと》く外套に、面《おもて》を掩ひて倒れ給ふ

こういう調子で、丁寧に原作の状景を再現していく。が、原作の表現の面白味やドラマとしての盛り上がりは、大幅に損なわれていると言わざるをえない。それに、調子に乗って自分の口調で訳し出すと、浄瑠璃本や読本《よみほん》類にありきたりの表現がむらがって出てきて、ますます新味に欠けるのである。

作品は、ブルータスが追いつめられて死に、勝ったアントニーが引き揚げていくところで終わる。だが訳者は、原作にはない次の数行を加えて作品を終えている。

逆徒《ぎゃくと》亡び失《うせ》たる上は、もはや天下は太平安楽、イザ凱陣と、指令の声、四方に渡る徳風は、枝をならさず四海波、静けく治まる羅馬国《ろうまこく》、其帝政の基礎《いしずえ》を、開きし君の身の内に、備はる智略

末長く、朝日時代と竹帛《ちくはく》［歴史書］に、ほまれを残し名を残し、憾《うらみ》を残す自由の太刀《たち》、折れて治まる時勢こそ、軽俳浮薄の国人《くにびと》の、万古の誡《おしえ》となりにけれ

折から日本の政界、あるいは社会一般で、「自由」が盛んに唱えられる時代になってきたので、この翻訳は『自由太刀餘波鋭鋒』と題した。しかし原作で「自由」の太刀を振り上げたのはブルータスだと思わざるをえないのだが、そのブルータスは敗れてしまう。そういう「自由」の太刀を折って帝政の基礎を開く方に貢献したのはアントニーで、逍遙が付け加えたこの結びは、どう見てもそのアントニーへの賛美を表現している。そのくせ、どうも、折れて世の中が治まるもととなった「自由」の太刀、つまりはブルータスを賛美してもいるように見える。まことに奇妙な文章に私には思えるが、ただ美辞麗句を連ねていくうちに、書いている当人が矛盾を気にする気持を失ってしまったのではないか、と想像をたくましくする気持にも誘われる。

何しろ逍遙の歴史的な大業たるシェークスピヤ翻訳の先き駆けなので、これを「名訳」と呼ぶ向きもあるが、なかなかそういうものではなかった。しかし表現の形や文章の工夫など、いわば実験に満ちた仕事であったということは言えそうだ。「文学士」としての彼の最初の大仕事であり、それがシェークスピヤの翻訳であったことには、やはり運命的なものを感じざるをえない。（さらに言えば、ひょっとすると逍遙はこの翻訳仕事を通して、根本的に相対立する人物をそれぞれにヒーローとするような、シェークスピヤの幅広い人間観に感銘を受け、やがて『小説神髄』で述べるような、文学の在り

方についての認識を深めていったかもしれない。）

最後にもう一篇、若き逍遙の翻訳の仕事を見ておきたい。『自由太刀餘波鋭鋒』を出版すると間もなく、明治一七年七月頃、彼はまた新たな翻訳を始めるのである。今度はもっと同時代的なブルワー＝リットンの小説『リエンジー　ローマ護民官の最後』（*Rienzi, The Last of the Roman Tribunes*）を取り上げた。混乱したローマの貴族政治を倒して共和政体を創設しながら失脚し、暗殺されるまでを描いた作品で、『開巻悲憤慨世士伝』と題した。逍遙は例の「追憶談」で、「『リエンジー』は『アイヴンホー』と共に、私があの頃、最も愛読してゐたイギリスの歴史小説であつたから、大分意気込んで訳しはじめた」と述べている。「文学士逍遙遊人翻訳」と署名もした。あまり売れなかったようで、初篇（前篇）だけで終わってしまったが、『自由太刀餘波鋭鋒』に続いて、逍遙としては真剣な「英文学者」としての仕事の先き駆けだっただろう。

この翻訳には、その真剣さの一つのあらわれと私には思える長い「はしがき」がついている。半年後に刊行の始まる『小説神髄』の腹案を語っている趣きもあるので、いささか内容紹介をしておきたい。

「革新の変」（明治維新）以後、戯作者はしばらく跡を晦《くら》ましていたが、この頃、「小説」大いに復興の有様となった。ただしおおむね馬琴の糟粕《さうはく》か種彦春水の贋物《にせもの》で、「意を勧懲［勧善懲悪］に発するをば小説稗史の主眼と心得」るものばかり。「泰西の物語」の訳述も少くないが、おおむね学者が暇つぶしになした「意訳中の意訳にして西の小説の主眼を写《うつ》さで皮相を訳せし者」にすぎぬ。

こんなふうに言いながら、しだいにではその「小説の主眼」とは何かという論になっていく。「夫《それ》小説は美術［芸術の意味か］にして詩歌の変体《へんたい》に外ならざる也。されば小説の主髄とすべきは人情世態のみ」。ではその「人情」とは、ということになる。

人情とは情慾也。情慾は即ち七情にして喜怒哀懼愛悪慾《あいくあいお》是也。七情の態《たい》を見るが如くに描き出《いだ》して精密周到毫末《ごうまつ》も洩らすことなくよく人情を穿《うが》ち尽《つく》して仮設虚空の人物をば仮作界裡《かさくかいり》に活動せしめて眞物《まもの》のごとくに見えしむるを眞《まこと》の小説家の伎倆といふなり。

人情を穿つ、つまり喜怒哀楽など人間の七情の有様を眼前に見るが如くに描き出し、仮空の人物を本物の如くに見せるのが真の小説家の技倆だ、と言うのである。現在言うところのリアリズムの主張と通じている。が、著者はさらに、人情の皮相を写《うつ》すだけでは真の小説とは言えぬ、「其神髄を穿つ」ことが必要だと言う。たとえば勧懲という模型《いがた》を造って人間をそれにあてはめる小説が多いが、「言行は皮相なり、情欲は髄なり」。純潔なる言行の内側で、どういう情欲（七情）が展開しているかを穿つのが、本当の小説だ。

こういったことを著者は、馬琴、春水の作品を例にしてこまかく説いた後、時勢によって生じる読者の内面の「人情の変遷」にも心を用いるべきだと述べ、最後に、ここに訳した小説は「力《つと》めて原文に意《こゝろ》を注ぎて要なき條《くだり》は省きもしたれど苟《かり》にも弁妄《べんもう》の料《りょう》ぞと思へば原文のまゝに訳しとりて我小説家に見せまくほりせり」と主張している。

自分の翻訳がここまで来てようやく原作をきっちり再現しようとするものになったという自信を基にして、著者は堂々と「小説」の要諦を主張しているわけだ。その実、この本の訳文そのものは、馬琴風の七五調で、それが逍遙にとって一番得意の文体だったのだろうが、一向に新味はなく、ただだらだらと続いている感じだ。理論は小説の革新を求めていても、文章はそれに追いついていないのである。それが若さの反映というものだった。

第三章

東京専門学校

この辺で話を引き戻し、まだ東京大学の学生であった坪内逍遙の日常的な姿を窺っておきたい。もっとも、この辺のことはごく手短かにすまそうと思う。

逍遙が第三学年の時、フェノロサの政治学の授業で試験に失敗して落第したことはすでに述べた。これが契機となって、この「田舎育ち」ののんびり者も真剣に勉強し始めたようだが、落第して給費生の資格を失った結果、生活を支える手段をほかに求めなければならなくなった。翻訳はその一つであったが、とても安定した収入とはならない。

明治一四年、二度目の第三学年を始めた頃、逍遙は自分の下宿に鴻臚《こうろ》〔迎賓〕学舎という立派な名前の標札をかかげて、大学予備門志望者のための英語を中心とした塾を開き、また高田半峯の勧めで、本郷にあった進文学舎という東大三学部の予備校でも英語を教えたという。

ここで注目しておきたいのは、逍遙はどうやらこういう教育の仕事が嫌ではなく、また教え方が非常に上手だった（らしい）ことだ。河竹・柳田『坪内逍遙』が引用してくれる進文学舎での教え子の証言によると、「先生は時に身振をなし、時に声色を使はれなどして、聴講者に非常な興味を覚えさした」と言う。この特技は後に早稲田でもさらに発揮されることになる。鴻臚学舎の方も好評で、聴講者が増えて下宿では手狭になり、寄宿舎に移ると寄宿希望者がぞくぞく現われるというふうだった。寄宿生には夜学も開くようになり、その生徒の中には三上参次や長谷川万次郎（如是閑）の名もあるという。

それから、逍遙は収入のために文章を書くことも始めた。これにも、大惣から借りて稗史類を読み耽った「田舎育ち」ぶりが役立ったに違いない。ただし、今度は当時の政治情勢を取り上げて、軽妙な戯文を見せるのである。『東京絵入新聞』（明治一五年九月一三日—一二月二六日）に「発蒙攪眠清治湯《せいじとう》の講釈」を連載したのが最初だった。逍遙自身の直話によると、「当時上野広小路、柳原通りなどに遣《や》ってゐた麦湯《むぎゆ》店に擬して清治湯の爺が政治を講釈するといふ趣向を立てたもの」だった。口語に近い文体でユーモラスに立憲政体を弁じ、政治学科学生として仕入れた知識が、学外で育ててきた戯作趣味と和合した作品とも言えよう。「春のやおぼろ」という彼の雅号は、この時はじめて用いたものだった。「おぼろ」つまり朦朧というのも、彼の戯作趣味によく合うムードだった。ついでながら、彼がみずから「比較的眞面目な著作・論文」に使ったという「逍遙」という雅号もまた、むきにならないでぶらぶらしているという含みで、「田舎育ち」の戯作趣味が反映している。逍遙はこの後、英文学者としても、しばしば戯文を展開して見せることになる。

評判がよかったのか、逍遙自身の興が乗ってか、この後、彼は『東京絵入新聞』に同様の政治的戯文をしばしば寄せている。また後から述べる改進党の機関紙『内外政党事情』にも、郷里の『名古屋新聞』にも、何度か同様の寄稿をしている。

こんなふうにして、教育者として、翻訳者として、また文筆者として自己訓練をしながら、逍遙は大学生活を送っていたようだ。そして明治一六年七月、普通は四年のところを五年かけて東京大学を卒業、一〇月には文学士の学位を授与された。後年、夏目漱石は帝国大学英文科における三年間の勉学を振り返り、「英文学に欺かれたるが如き不安の念」を覚え、文学士という肩書きを頂戴しても「心中は甚だ寂寞の感を催ふした」と述べている(『文学論』の「序」)。逍遙も東京大学で学んだ五年間を自分の「胎生期」と呼びながら、「私に取つては、余り憶ひ出したくない不愉快な時代だ」と回想している(「回想漫談」)。だがひたすら勉学に打ち込んでいた漱石と違って、田舎育ちの逍遙は東京へ出てきて初めて近代に触れ、いささかたじろいで身を退けながらも、好奇心の手はひろげ、翻訳やら雑文書きやら、あるいは教える仕草の開発やら、いわば将来の学者としての実験性に富んだ修練をしていた。漱石よりももっとはるかに、これからの飛躍の土台を築いていたように思える。

そして卒業と同時に、彼より一年前に卒業していた親友、高田早苗(半峯)の勧めで東京専門学校の講師となり、ようやく自分の本領を発揮する場を見出す——あるいは自ら築いていくことになるのである。

坪内逍遥が東京大学文学部政治学科の第三学年で落第し、ようやく勉学に真剣になり出した年は、政界に目を転じると、世に言う「明治一四年の政変」で騒然たる年だった。いろんな出来事を一点だけに絞って言うと、佐賀藩出身で参議の重職にあった大隈重信は、在野民権論者からいたく頼りにされる存在だったが、この年、北海道開拓使官有物払下問題で薩長藩閥政府攻撃の先頭に立ち、一〇月、参議を罷免された。これに呼応するかのように、同月、自由民権派が結集して、板垣退助を総理とする自由党を結成した。そして翌一五年三月、より穏健な立憲政治を目指す諸派も結集し、大隈を総理として立憲改進党を結成したのであった。

これより前から、東京大学政治学科学生の高田早苗、山田一郎、天野為之《ためゆき》らは、もともと政治に強い関心があった。彼らが官界に進まず政治に関係しようとしているとして、卒業式でフェノロサ先生から暗に批判されるような有様だった。問題の明治一四年の二月、高田は司法省の役人で大隈の懐《ふところ》刀《がたな》的な存在であった小野梓《あずさ》と知り合い、彼を通して大隈を知り、私淑するようになった。大隈の方も当時まだ極めて少数だった大学出の知識人を傘下に擁することは悪くないし、下野してからは政治だけではなく教育においても革新の事業を起こすことを考えたので、ますますこの種の若者の起用を思ったようだ。一五年三月に結成した立憲改進党の「施政の要義」(小野梓の起草と言われる)の第一〇項に、「我邦学問の独立せざるや久し。……惟《おも》ふに学問の独立は一国独立の根本なり」云々といった文句がある。抽象的な文章で、「学問の独立」の意味も分かり難いが、政治的立憲主義と学問の独立、振興を結びつけて考えていたことは間違いない。

大隈はもともと養子英麿（アメリカで天文学を修めていた）のために理科の学校をつくることを考えていたようなのだが、若い支持者たちを得て、明治一五年九月、自分の別邸があった早稲田に東京専門学校を設立した。政治学科（政治経済学科）、法律学科、および理学科の三科から成るものだったが、理学科（たぶん英麿に関係して設けられたのだろう）は入学者が少く、一、二年で取り止めになった。最初の入学者（第二年編入者も含む）は総数七、八十名だったらしい。この政治学科に、半峯はじめ山田一郎、天野為之らが講師として加わった。

ところで、東京専門学校は「邦語をもって高等専門の学問を授ける」ことを旗印にし、大隈は「学問の独立」はまさにこの点にあるとしていたという（『早稲田大学八十年誌』一九六二年）。東京大学では、事実上ほとんどすべての学科が英書によって講義され、日本人の教員も英語で話した。この「欧米心酔」を遺憾とする、というわけである。高田半峯によれば小野梓も同じ見解を持ち、その考え方は高田自身が小野に提議し、小野が大隈に伝えたものと言う。だが半峯はさらに、「学問の独立」には当然「学問は政治から独立しなくてはならない」という考え方も含まれる、と言う。一つの言葉が、いわば素朴なナショナリズムと、「政治と学問の分立」という学問論との間を行ったり来たりしていたとも言えよう。

だが、本書のテーマからして、もう一つ注目しておきたいエピソードがある。いよいよ開校式において、大隈英麿校長は短い「開校の詞」を朗読した中に、「新主義の学［学問］……深其蘊奥《うんおう》を極め、詳に其細故《さいこ》を尽さんと欲せば、勢ひ又原書自読の力に依らざるを得ず」と述べ、この故に本校正科に並べて「英語学科」を設け、「以て我国に学問を独立せしむるの地歩を為さんと欲す」と告げているのだ。新しい学問を極めるには、英書を読む力に頼らざるをえない、よって「英語学科」を設けると言うのだが、これはどう見ても、日本語授業による「学問の独立」論とは、窮極的に矛盾する主張のように見える。だが、学問は西洋から独立し、かつ西洋から学ばなければならない、というのは、この当時真剣に学問の発展を思う者のはまり込み、かつ乗り越えなければならない、健全な矛盾であったと言うべきではないだろうか。

これらの話を総合すると、東京専門学校は開設当初、理学科ははずすとして、政治学科、法律学科、英語学科の三学科から成っていたと思われるのだが、その実態が一向に分からない。教員はみな講師の肩書だったというが、学科の組織はどうなっていたのか。高田半峯が言うように、合計して「七八人の教師と七八十人の生徒」(『半峯昔ばなし』)で始まった学校だから、「学科」などと呼んでも、学科長とか主任とかを持つような組織ではなかったのかもしれない。

そういう中で、政治学科の教員は、専任としては当初、高田、山田、天野の三人だけだったが、二年目(明治一六年)から高田の勧めで坪内雄蔵(逍遙)が加わって四人になったのだった。逍遙は「バジョットの『英国憲法論』の訳読などを教へて」いたという(『半峯昔ばなし』)。逍遙はそれもきちんとできただろうが、彼としてはむしろ「英語学科」で教えることの方が望ましかったのではなかろうか。こちらの学科も、同じ人たちが活躍して教えていたように思われる。

面白いのは、たぶん開校に近い頃のものに思えるのだが、全校の授業一覧表(『早稲田大学八十年誌』

所収）を見ると、政治学科や法律学科では、第一年の「史学」の授業に希臘史、羅馬史、中古史、欧米洲近世史などを含め、「和漢文学」の授業に文章軌範、八家文、史記などを含めて、いわば幅広い教養を授けようとしているのに対して、英語学科では、第一年の「英語学」の授業で綴字、読法、講読、文法大意を教え、第二年でユニオン第四読本、米国大家詩文集、第三年で英国大家詩文集、シェークスピヤ氏ジュリヤス・シーザーを教えることになっているが、これを除くと、第二年からある「伝記」の授業で第二年にフランクリン自伝、第三年にマコーレー氏へスチング伝やクライブ伝を読むことになっているだけである。「文学」を教える姿勢は弱く、むしろ他学科の授業でも役立つ英語読解力を育てることに主眼があったのではないか。しかもこれらのテキストは、ユニオン第四読本以下、ほとんどすべてが東京大学で用いられていたものだった。つまり高田から坪内までの東京大学から移った講師たちが、東京大学で教わったテキストで今度は教える方にまわっていたのである。

そういう中で、「むしろ英文の方が少々達者な位」であったと自ら言う高田半峯が、英語学科でも中心的な役割を果たしていたように思われる。「沙翁の講義」なども、最初のうちは彼が受け持っていて、やがて逍遙の手に移っていったらしい。「沙翁初め英文学の講義は、最初は却って私の方が得意であつたのが、暫くする中に、落着くべき處に落着いて、其方面の事は総て坪内君の担当に帰した次第である」(『半峯昔ばなし』)。

この「暫く」がどれ程の長さだったかが問題だが、これまたよく分からない。逍遙就職の翌年（明治一七年）五月に『自由太刀餘波鋭鋒』が出版されているので、さすがに逍遙はあの「シェークスピヤ氏ジュリヤス・シーザー」の授業を早々と受け持って、この翻訳を行なったとつい思ってしまうのだが、逍遙は実は明治一五年より前からこの翻訳に着手しており、一六年一月に一応の完成を見ていたらしい（河竹・柳田『坪内逍遙』）。ということは、この翻訳は東京専門学校での授業と関係なく行なわれたということである。むしろ、この翻訳が世に出て、逍遙はようやく「ジュリヤス・シーザー」の授業を受け持つことができたと見る方が正しいだろう。逍遙が「英語学科」の中核的存在になるのは、ゆっくりと時間をかけてのことであった。

坪内逍遙は翻訳も著作も目を見張るほどのスピード感をもって仕上げて見せるが、実際上の仕事は手さぐり的に進める人だったのではなかろうか。しかも、『自由太刀餘波鋭鋒』を出したからといって、すぐにシェークスピヤ「専門家」になるのでなく、ブルワー＝リットンの翻訳をしたり、政治的な雑文をさまざまに書いたりと、あちこちに手をひろげていた。収入のためもあっただろうが、彼の天分はよくある秀才のように鋭角的に突き進むのではなく、まさに田舎育ちの人らしく、むしろ鈍角的に幅広くいろいろ取り込みながら、ゆったり学問を進めていたように思えるのだ。

そしてこの間に、少しずつ近代の小説、つまり明治の日本に求められる小説とは何か、ということについて考えをめぐらせていた。「田舎」にいたころ夢中になって読み耽った江戸小説について（本当はまだ愛着があるのに）さんざん悪口を並べ立てながら、これからあるべき小説の内容や結構を論に仕立てていた。その断片的な作業の跡は、すでに見た通りである。そして明治一八年九月、画期的な論文『小説神髄』の刊行を始めるのだ。彼が東京大学を卒業し東京専門学校に就職してから僅か二年後のことである。一見、途方もない素早い仕事のように見える。見事な論理的思考の産物のようにも思える。が、その実、逍遙は懸命に手さぐりの手を伸ばし、ひろげて、何でもかんでも取り込みながら、この本を仕上げた。そのくせこの本を、まことに堂々と『小説神髄』と名乗って見せる。一筋縄ではいかぬ「学者」の登場である。

第四章

『小説神髄』

英文学者坪内逍遙を知り、受け止め、検討評価する上で最初の重要な文献となる『小説神髄』は、初め九分冊にして、明治一八年九月から一九年四月にかけて刊行された。それから一九年五月に、上下二冊の合本として出た。版元は初め予定されていた「東京稗史出版社」が駄目になったため、「松月堂」がすでに印刷ずみのものを買い取って出版したというが、この松月堂の正体がどうも分からない。ところで、この合本の下巻の末尾に次のような無題の文章が添えられていた。

当編は明治十七年中の起稿に係り、十八年初めの発刊に属す。かるが故に議論浅薄、取るに足らざるもの頗る多し。殊に美術論、文章論、変遷論の如きハ、今の逍遙の議論とは異なり。四方の看官［読者］請ふ之れを諒せられよ。他日更に小説論を著し、大いに江湖に示す所あらむ。

図版５　『小説神髄』初版扉
F73-00074『小説神髄』早稲田大学演劇博物館所蔵

明治十九年五月　　　　　　　　坪内逍遥述ぶ

この作品はすでに明治一六年に「小説文体」と題して、部分的に文章化されていたらしい。またその内容の中核的なところが、いくつかの翻訳に付随する文章で主張されていたことは、すでに見た通りである。従ってここに「当編は明治十七年中の起稿に係り」と言うのは、奇異の感を免れない。これについて稲垣達郎氏は、「いちおうのかたちができていた明治十六年稿本を、さらに（ことによるとやや大幅に）補筆修正して」十八年の完成まで持ってきたことを意味したのではないか、と言われる（『明治文学全集16　坪内逍遙集』一九六九年「解題」）。私に何の異論もないが、私にとってさらに興味深いのは、これに続く「かるが故に議論浅薄」云々といった例の謙遜ふうの文章で、まるで一年前の起稿だから議論浅薄だとし、一年間で自分の議論は一挙に中身が深まってますよ、と言っているような感じだ。しかも著者はさらに続けて、「殊に美術論、文章論、変遷論の如きハ、今の逍遙の議論とは異なり」と言う。これは本文冒頭の「小説の美術たる由」云々の議論、および「文体論」の章と「小説の変遷」の章を指し、それぞれ極めて重要な章であるが、あんなものを自分はもう乗り越えてしまっている、と主張しているかのようだ。つまりこの本は今も執筆進行中の本だ、と言ってはばからない姿勢を、公然と見せつけているのである。

この本の執筆の出発点について、逍遙自身の有名な証言がある。すでに引用紹介したように、彼は東京大学でホートン先生による『ハムレット』についての試験で、「王妃ガーツルードのキャラクターの解剖」を命ぜられて、東洋風の道義評をしてしまい、悪い点をつけられた。それに懲りて「西洋小説の評論」を読み出したと言うのである。これが『小説神髄』の執筆へとつながったことは、疑いの余地がない。ただし、この証言に続く一文もここで引いておく価値があるだろう。

東大の図書館も其頃のは甚だ貧弱で……単行本の文学論や美術論は英書では皆無、修辞書もベインなぞが第一であつたらう。さういふ有様であつたから、私は性格解剖法の参考としては、主として近着の外国雑誌の文学評論の部を、或ひは英文学史類を手当り放題に抜き読みして、解つた限りを抄訳したり何かした。後に『小説神髄』として捏《でつ》ち上げた材料の大概は比間の捃摭《くんせき》「拾集」で、それをともかくも組織立てはしたもの丶、出所が全く別々なのだから、後に二葉亭に其根底を叩かれた時に、「何も無い」と答へないわけにいかなかつたほどに、それは薄弱な基礎の上に築かれた小説論であつた。

逍遙が東京大学の図書館であさった参考文献をもっと具体的に詳しく探る努力もなされている。河竹・柳田『坪内逍遙』のそういう努力の成果を記述した中には、逍遙の直話として「旧第九版の大英百科全書中のサー・ウォルター・スコット執筆に係る小説論（Essay on Romance）に拠る所もあつた」といったような、興味深い事実もある。あるいはまた木村毅「『小説神髄』小論」（『明治文学展望』一九八二年所収）も、逍遙先生に直接質問して得た返事として、こういう引用をなしている――「参考書は主として英国文学史（著者の名はよく記憶せざれど）二三種、雑誌はContemporary Review, Nineteenth Century, The Forumのたぐひ、他はBain其他の修辞書二三種、美学の書は一冊も知らず、哲学史はフェノロサに学びつゝありしが、ほんの概略に過ぎず、文学論らしき講義は聞きし事なく候ひき」。さらにもうひとつ綿密な考証の例をあげれば、本間久雄は「もののあはれを知る」説を展開して有名な本居宣長の『源氏物語玉の小櫛』が、『小説神髄』の重要な論旨のもととなっていることを詳細に論じてみせ、おまけにやはり逍遙の直話として、彼が「東京大学在学中『源氏物語』を読み、その参考として『玉の小櫛』を読んだとのこと」という話を伝えている（前出『坪内逍遙——人とその芸術』所収「『小説神髄』源流考」）。

要するに逍遙は自ら言うように、参考になりそうな文献を「手当り放題に抜き読みし」、記述の材料とした。が、仮にその文献の一つ一つが重要であったとしても、もっと決定的に重要なのは、逍遙自身がそういう寄せ集め的読み方を恥じとし、二葉亭四迷にこの本の「根底を叩かれた［打診、質問された］時、「何も無い」と答えた事実であろう。逍遙の文章のこの個所はいささか誤解を招きそうなので、ひとこと補足しておくと、当時はじめて西洋の文学に接した文学者たちは、たまたま読んで偉いと思った学者や批評家にしがみつき、その所説を紹介して自分の主張のようにするのが普通であった。二葉亭はロシアの批評家ベリンスキーの理論を踏み台にして「小説総論」（『中央学術雑誌』明治一九年四月）を書く、といった具合である。逍遙は自分の『小説神髄』に、そういうしっかりした踏み台はないと言っているのである。「何も無い」という言い方には駄目さを強調する趣きがあるが、実は他人に依拠せず、自分でこしらえた理論ですと言っているとも言える。

私は前に、日本の大学における「英文科」の衰退を嘆いたが、それに関連して最近よく見かける現象をここに記しておきたい。英米（とくにアメリカ）に留学して英米文学を学んできた若い学者――しかも比較的勉強家――の多くが、先方の大学で何某先生に就いて何々という批評理論を学んできました、といったことを誇らしげに語る。そして実際、自分もその理論に基いて論文を書いたり、授業をしたりもする。が、文学の情況、社会や文化の状況はアメリカと日本とでは違っており、アメリカの読者や学生には妥当な理論も、日本の読者や学生には有効でない、ということはよくある。そのことを無視した研究は、「文学」を置き去りにして「理論」だけを振りまわした、死んだ学問になりやすい。そしてそういう種類の研究の流行が、英文科衰退の一因ともなってきているのではないかと私などは思う。

二葉亭がベリンスキーに行き着いたのは、西洋の「文学」ないし「小説」の特質を知ろうと懸命に探究した果ての成果だった。日本の文学・文化が西洋を学ぶことに腐心していた時代にあっては、それは妥当性のある成果でもあった。現在の留学生の安易な理論学習とは訳が違う。しかしここで、逍遙が自分の学習について「本当の意味では、一生涯、只一人の師匠も無かった」と述べていたことを思い起こしたい。彼ももちろん西洋文学からいろいろ学び取ろうとしていたが、まさに田舎者らしく、身近に手で触れられるものを重んじる姿勢だった。手さぐりでいろいろ取り込んではいるが、頼るべき理論といったものは「何も無い」のである。逍遙としては謙遜の思いも込めていたであろうが、これは逆に積極的に評価すべき言葉のようにも思える。

逍遙と二葉亭との関係は、彼の学問にも関係することなので後からまた触れることになると思うが、ここではそろそろ『小説神髄』の中身の検討に入ろうと思う。

坪内逍遙の言い草にもかかわらず、彼が『小説神髄』を真剣な思いを込めて準備し、書いたことは、この作品の「緒言」によっても明かである。明治の聖代になって小説の流行は「古今未曽有」の有様だが、「戯作者といはるゝ輩《やから》」は少なからずいても、みな「翻案家」であって、「作者をもつて見るべきものハいまだ一人《いちにん》だもあらざるなり」。従って近頃刊行される小説稗史は、馬琴、種彦の模倣、一九、春水の贋物が多く、「意を勧懲に発するをば小説、稗史の主脳とこゝろえ、道徳といふ模型《いがた》を造りて力《つと》めて脚色《しくみ》を其内にて工風《くふう》なさまく欲《ほり》する」有様、しかも「競ふて時好に媚《こび》むとして彼の残忍なる稗史をあみ彼の陋猥《ろうわい》なる情史を綴り、世の流行にしたがふ」傾きがある。逍遙が馬琴などの小説の勧懲主義に強い批判を抱いていたことはすでに見た通りだが、こういう状況にあって彼は「真の稗史の主眼」をさとることの必要を説き、さらにこのように述べて「緒言」を締めくくるのである。

おのれ幼稚《おさなき》より稗史を嗜《たしな》みて、いとまある毎《ごと》に稗史を閲《けみ》して、貴き光陰を浪費《ついや》すこと已に十余年に及びにたれば、流石《さすが》に古今の稗史に関して看得たる所も少からず、且《かつ》また稗史の眞成《まこと》の主眼は果して何等《なんら》の辺《へん》にあるやも稍々《やゝ》会得しぬと信ずるから、いと嗚乎《おこ》がましき所為《わざ》とは思へど、

> 敢て持論を世に示して、まづ看官の惑《まどい》をとき、兼ては作者の蒙《もう》を啓《ひら》きて、我が小説の改良進歩を今より次第に企図《くわだ》てつゝ、竟《つい》には欧土《おうど》の小説《ノベル》を凌駕し、絵画、音楽、詩歌と共に美術［芸術］の壇頭に煥然《かんぜん》たる我物語を見まくほりす。

あの「大惣」体験を恥じ入るようなことを言っていた逍遙が、ここでは堂々と自分の稗史についての知識をもとにして西洋の小説《ノベル》をしのぐ物語をつくり出すための見識を述べようと言うわけだ。「田舎育ち」も、謙遜の裏で結構に図々しい意図を持っていたのである。

ただしこの「緒言」は、勧懲（勧善懲悪）といういま流行の稗史の道徳主義を否定し、「眞の稗史」の主眼はもう少し違うものだったと言いながらも、これからあるべき「小説」とは何かといったことには一言も説き及んでいない。それを述べたのは、開巻冒頭の「小説総論」と題する項である。逍遙が力を込め、知識・見識を盛り込んだ文章に違いない。少し内容を追ってみる。

「小説総論」の項は「小説は美術たる」旨から説き始める。ここにいう美術とは、すでに何度か注記してきたように現在いうところの芸術であって、これには有形の美術（絵画、彫刻のたぐい）と無形の美術（音楽、詩歌、戯曲《じょうるり》のたぐい）があり、小説はこの後者に属する、と著者は言う。有形の美術はもっぱら人の眼に訴え、無形の美術のうちの音楽は耳に訴えるが、「詩歌、戯曲、小説のたぐひは専《もっぱ》ら心に訴ふるを其本分となす」。その故に小説は詩歌と同様「形なくまた声なき人間の情」をその主脳となす。しかるに「喜怒愛悪哀懼欲《きどあいおあいくよく》の七情」といった「人間の情欲」「感情《パッション》」ほど描き難いものはなく、しかもそれは文化の発達にともない変遷し複雑になってきている。と、ここまで論じてきて著者はあの外山正一らの『新体詩抄』（明治一五年刊）が三十一文字に限られぬ自由な詩体を西洋から導入したことに言及、小説は「無韻の詩」ともいうべきものであって、韻にも支配されぬ、いっそう自由な表現形態であることを説き、次のようにこの議論を締めくくる。

畢竟《ひっきょう》、小説の旨《し》とするところは専《もっぱ》ら人情世態にあり。一大奇想の糸を繰りて巧みに人間の情を織做《おりな》し、限《かぎ》りなく窮《きわま》りなき隠妙不可思議なる原因よりして更にまた限りなき種々様々なる結果をしもいと美《うるわ》しく編《あみ》いだしつゝ、此人の世の因果の秘密を見るが如くに描き出し、見えがたきものを見えしむるを其《その》本分とはなすものなりかし。されば小説の完全無缺のものに於ては、画《え》に画《えが》きがたきものを描写し、詩に尽しがたきものを現はし、且つ演劇にて演じがたき隠微をも写しつべし。蓋《けだ》し小説には詩歌の如く字数の定限あらざるのみか、韻語などいふ械《くびかせ》もなく、はたまた演劇、絵画に反してたゞちに心に訴ふるを其性質《もちまえ》とするものゆゑ、作者が意匠を凝らしつべき範囲すこぶる広しといふべし。是小説の美術中に其位置を得る所以《ゆえん》にして、竟《つい》には伝奇、戯曲を凌駕し、文壇上の最大美術の其《その》随一といはれつべき理由とならむも知るべからず。

いささか長い引用をあえてしたのは、小説の本分は人情をその神髄まで如実に描くことにあるという簡単な論旨を入念に、秩序立てて叙述した後、「小説」が最高の芸術ジャンルであることを全力をあげて主張しようとしている、その口調までも伝えたかったからである。まだ二十七歳の若者の文章で、若干の筆の運びのまずさも気負いも感じられるが、全体として懸命に材料を集め、整え、思考をめぐらせ、この著作によってこれからの文界を導こうとする覇気も出ている、見事な学者・逍遙の登場の姿が見られる。

小説は勧懲を斥け、人情を描くべしという、この本における逍遙の主張は明瞭で、この時代の発展を志す作家や批評家に素直に訴えた。一例を示せば、逍遙より一時代後に文壇に登場し（その登場を実現した『読売新聞』の懸賞当選小説『滝口入道』の選者の一人に坪内逍遙がいた）、評論家として活躍していた高山樗牛は、これに積極的に応じた一人である。彼は自分が文芸部主任として編集に参加していた雑誌『太陽』（明治三〇年六月）に長論文「明治の小説」を寄せた中に、「東西文学の比較研究によりて我が小説の過去及《およ》び現在を観察し、……以て我が小説の史上に一新時期を画したるもの」は坪内逍遙だとして、その『小説神髄』が「勧懲主義の誤謬を極論し、写実小説の嚆矢を開きてより、一世靡然《びぜん》として之に赴き、小説壇の旗幟為《ため》に一変せり」と論じたのである。

的確な意見ではあるが、これは評論家の観点からの見方によるものであって、学問する者の観点に立てば、その論述を如何にしているかが結論に劣らず重要である。全体の序にあたる「小説総論」の章をいささか詳しく紹介したのは、逍遙のまさに学問的というか、周到な論じ方を見ておきたかったからであるが、これに続く本文では、上巻は小説の本質、下巻は小説をつくる諸要素をめぐって、さらに具体的に、綿密に論じようとしている。参考のため、論じている項目の題を、ほんの一言の内容紹介を付して列挙してみる。

［上巻］

小説の変遷（小説の歴史。神代史などから奇異譚《ローマンス》を経て小説《ノベル》まで）

小説の主眼（小説の主眼は人情、ついで世態風俗を描くことにある。周密精到に模擬すること）

小説の種類（その主意によって区分すれば勧懲小説《ダイダクチック・ノベル》と模写小説《アーチスチック・ノベル》、その内容の事柄によって区分すれば往昔《むかし》物語［時代小説］と現世《いま》物語［世話《ソシャル》小説］）

小説の裨益（小説は「童幼婦女子にのみもてあそばるゝを努《つとめ》と」するものではない、直接の利益は「人心を娯《たの》しましむる」ことなどだが、間接の利益は（1）人の気格《きぐらい》を高尚になす事、（2）人を勧奨懲誡なす事、（3）正史の補遺となる事）

［下巻］

小説法則総論（自由な表現形態である小説も「読者を感動せしむる」ために「法則を設けて物語を結構する」。ただし、「法則は従」であって、「臨機応変なるべし」）

文体論（我国の小説に雅文体、俗文体、雅俗折衷文体があるとして、その得失を論じる）

脚色《しくみ》の法則（小説は作者の空想に成るものだからこそ、「首尾常に照応せざるべからず」など、さまざまな法則がある旨を、小説の種類に応じて詳論）

時代小説の脚色（時代小説と歴史とを区別、小説は正史の「脱漏を補ひ……親昵《しんじゆつ》を擅《ほしいまゝ》にする事を

得」るとし、その際の作者の心得を述べる）
主人公の設置（小説における主人公の重要性、主人公を造作するに現実派と理想派の二流派、いずれにしろ「力《つと》めて作者の感情思想を外に見えざるやう掩ひ蔵《かく》して」人物を「活たる如くに写しいだす」ことが肝要、等々）
叙事法（いわゆる地の文の書き方。簡略の文、詳細の文、人物の性質を叙するのに陰手段（暗示の法）と陽手段（地の文で説明する）の二法あり、云々）

ここまで述べてきて著者は、「書肆《ふみや》のために急がされ」という理由で、不意に記述を打ち切っている。できたら小説のさらにいろんな局面をもっと論じたいと言いたげな様子だ。が、すでに無理に論述をひろげているような項もあり、まずはこれが当時の逍遙の能力の極限に近かったと言えそうにも思える。

だが、若き学者逍遙の学問の姿をもう少しよく見るために、二つの項の論述の跡をいささか追いかけてみたい。一つは「小説の変遷」の項である。小説がどのような原因、理由があって芸術界に登場し、支配的なジャンルになったかを知るには、その歴史を検討することが第一の作業であろう。逍遙が参考にした文献の第一に挙げたのが「英文学史二三種」であったことも、もっと簡便なものとして百科事典中のウォルター・スコットによる「小説論」を挙げていたのも、よく分かる話である。

「それ倩々惟《つらつらおもん》みるに」という文章から始まる。優勝劣敗、未開野蛮の上古の社会では、一族の長となる者が子孫によって語られるうちに伝聞付会し、鬼神誌が生まれ神代史が生まれる（代表的な作品に「希臘国《ぎりしやこく》の詩仙ホウマア［ホーマー、ホメロス］が著《あらわ》したる『イリヤッド物語』」がある）。しかし、これは荒唐ではあるが事実をもとにしているのに対して、唱歌師が「おのれが意匠をもて奇《く》しき物語を編成なし」て奇異譚《ローマンス》が生まれた（ノウマン人種には勇士の偉業を述べたもの多く、サクソン時代の古詩篇には宗旨に関するものが多い）。我国のローマンスは、住吉、伊勢、源氏物語など、「専ら男女の情事をのべ」たが、しだいに「ひたぶる時好に媚ぶる」ようになった。

　こういう奇異譚が世に行われるにともない、それに「諷意を寓《ぐう》して童幼婦女子の蒙《もう》を啓《ひら》き奨誡《しやうかい》なす」ものとして、寓言《フヘイブル》の書が現われた（『イソップ物語』や『荘子』。我国の猿蟹合戦、桃太郎、舌切雀、かち〱山なども、これに属する）。が、「文運ます〱進歩して開明の世となるに及べば」（と、著者は社会進化論を当然のごとく信じて論を進める）、こういう寓言の書は「童蒙のお伽ばなし」として軽んじられるようになり、代わりに寓意小説《アレゴリイ》が起こってくる。皮相［表面］の物語と隠微［裏に隠れた］寓意との二様の脚色が合わさっている（その代表と言える『西遊記』は、皮相だけ見れば奇異譚と異ならないようだが、その下に幽玄なる仏道をも窺いうる。英文学からは、『仙嬢伝《フヘヤリイ・クイン》』や『天堂歴程記《ピルグリムス・プログレス》』が挙げられる）。

　それからさらに「ひそかに考ふるに」（とこういう文句がしばしば入ってくる）、「人智しば〱進むにしたがひ」（これも進化論に乗った著者のきまり文句と分かってくる）、奇異譚の作者たちは物語をさらに長く複雑にして「世を誡《いまし》むるの力ある」ものにしようとして、「勧懲を主眼とする小説稗史」

を生み出した。だがわが東洋の勧懲作家はひたすら勧善懲悪に走って、そのもとにあるべき人情の扱いを疎漏にしてしまった。

と、このようにようやく小説の入口まで物語の歴史を見てきてから、著者は視点を演劇に移す。演劇は奇異譚とその発生をほとんど同じくするが、「世の人情のすゝむにしたがひ」、しだいに荒唐無稽の脚色《すじ》を省き、「事を凡近《ぼんきん》にとりて意を勧懲に発する」ようになった。とこのように語り、著者は文化文政の頃の演劇と小説稗史を並べて見せる。「文化の浅かりける未開蒙昧の世」にあっては「人皆《ひとみな》皮相《うわべ》の新奇をよろこび」、鶴屋南北の『お染久松』に登場する善六（お染に横恋慕）、人形浄瑠璃『恋娘昔八丈』に登場する大八（主家の娘に横恋慕する番頭）等がもてはやされ、「擬似《ぎじ》の人情世態をして活動せしむる勢《いきお》ひ」があった。が、「人智いま一層進むに至れば」人は「我が情慾を抑制してあからさまには其面《おもて》にあらはさゞるやう力《つと》む」るようになり、「演劇もて文明時代の情態を写しいだすことのかたかる」「難かる」べき」こととなる。さらに「人間の性質のうちには演ず可らざるものあり、又演ずるとも興なきものあり」。故に「演劇は早くいへば擬似《ものまね》なり。擬似《ものまね》は事物の特異性《ベキユリヤリチイ》を模擬《もぎ》するに巧なりと雖も、普通《あたりまへ》の性質を模擬するには巧ならず」。こうして「演劇の漸《ようや》く其位ゐを稗史、小説にゆづる所以《ゆゑん》」が生じるのである。

以上、著者の論理をいささか整理しすぎたかもしれぬが、このあたりからいよいよ小説隆盛の必然が語られることになる。

「およそ小説の範囲は、演劇の範囲より広く、時世《ときよ》々々の情態をば細大となく写しいだして、ほとほと遺憾を感ぜざらしむ。譬《たと》へば演劇にては、人の性情を写しいだすに、もっぱら観者の耳に訴へ、また其眼《まなこ》に訴ふるがゆゑに、其場《そのには》かへりて狭けれども、小説にては之に反して、たゞちに読者の心に訴へ、その想像を促がすゆゑ、其場《そのには》頗る広しといふべし」といったような論理で小説が人情を写すのに優れた芸術であることを説く。そしてまた「英《イギリス》の小説大家ウォーター・スコット翁」が「強賊《がうぞく》の巣窟なりける洞窟《ほらあな》」を描くのに、実際にその種の洞窟に行って仔細に観察した上で「細微の景色」を写しだしたというエピソードを伝え、これが「小説の長所《ちやうしよ》」だと述べる。演劇との比較論はさらに続くが、最終的に「かくの如き進化を経て、小説おのづから世にあらはれ、またおのづから重んぜられる。是れしかしながら優勝劣敗、自然淘汰の然らしむる所、まことに抗しがたき勢ひといふべし」と結論づけ、次のように「小説」に向かうべきことを説いて、この項を結んでいる。

従来の美術の次第におとろへ、英国の文華を以ても、またミルトンをいださゞるべく、伊太利国の高雅なるも、またヴージル［ヴェルギリウス］をいださゞるべし。ひとり小説てふ美術に於ては、望み将来に極めて大なり。スコットやリットンやヂウマ［デュマ］やエリオットや、近代名家多しといへども、力《つと》めて之に駕《か》せむとせば、決して至難なりといふべからず。嗚呼、我が文壇の才人、雅客、いたづらに馬琴を本尊とし、あるひは春水に心酔し、あるひは種彦を師とし崇《あが》めて其糟粕をばなむることなく、断乎として陳套手段を脱し、我が物語を改良し、美術壇上に列しつべき一大傑作を編み給へ。

物語の歴史を客観的に語る形をとりながら、著者は人情を描く芸術としての「小説」の優越を証明することに全力をそそぎ、そういう「小説」に腕をふるうよう、文学者たちに訴えて「変遷」の項を終えている。「学者」たろうとしてはいるが、文学創造者たる「作家」の姿勢も内にもっている。これはそういう文章と言えよう。

次にもう一つだけ、「文体論」の項の内容を追ってみよう。逍遙の時代、つまり幕末から明治にかけて、「文体」は文学に関心を抱く者の最大の問題であった。日本の伝統的な文章（漢文や文語文）は、この時代を表現するのにもはや不適切なことが明瞭になっていた。日常に実際に用いる言葉とあまりにも掛け離れてしまっているのだ。「言文一致」を実現することが至上命令になっていた。が、それをどう実現するか。その模索は、近代小説の確立の問題と重なっていた。逍遙が試みたいろんな英文学作品の翻訳で、それぞれ違った文体を採用していたのも、そういう模索の努力のあらわれだったと言える。

「文体論」の項の冒頭で、著者は「支那および西洋の諸国《くにぐに》にては言文おほむね一途なるから、殊更《ことさら》に文体を選むべき要なしと雖《いへど》も、わが国にては之れに異なり。文体にさまぐの差異《しな》ありて、各々《おのおの》一失一得あり」、従って「小説に文体を撰まざる」をえないと言う。そして我国では昔から用いられてきた文体に雅、俗、雅俗折衷の三体があるとして、そのそれぞれを解説、評価してみせるのである。

（1）雅文体は倭文《わぶん》、つまり日本の伝統的な文章に用いられ、「其質優柔にして閑雅なれば婉曲富麗の文をなす」が、「活溌豪宕《ごうとう》の気」はない。ではなぜこういう文体が生まれたかを按ずるに、我国では「文学は専ら文弱なる大宮人の手にのみなりし」ことによる。ただ、小説の文体は「風俗人情進化すれば、其進化せし度に応じていくらか改良せざるべからず。言語習慣変化すれば、其変化せし度にしたがひ多少斟酌《しんしゃく》折衷して更に一機軸をいださゞる可《べか》らず」。紫式部の大筆でも現代の文明の情態を写すのは難しいだろう。と、著者はこのように論じて、いろんな雅文体の実例を引いて説明を加える。たとえば滑稽物の地の文に雅文体を用いた式亭三馬の『浮世風呂』を引き、「詞の品位《くらい》と其主意の品位」のくい違う時に滑稽感が生じると説き、逆に『源氏物語』からの引用によって別の効果を示唆してみせるのである。

（2）俗文体とは、「通俗の言語《ことば》をもてそのまゝに文をなしたるもの」で、解しやすいという徳に加え活動の力もあるから、「泰西の諸国《くにぐに》はいふもさらなり、漢土の如きも、小説には地の文章を除くの外は成るべく通俗の語を用ひ」ている。が、我国では文章上の言語と平談俗話に用いる言語とは「氷炭の相違」があり、俗言のままに文をなすと「俚猥《りわい》の譏《そし》り」を得ることが多い。従って時代物の小説ではこの文体は使い難く、当世の世話物語では「情文双《ふた》つながら相適《あいかな》ひて、頗《すこぶ》る精妙」になり得るが、それでも「幾分か斟酌して折衷」することが必要だ。為永派の作者でも、やや厳格な條《くだり》では「演劇の台調《せりふ》めきたる」詞《ことば》を入れている。著者はこのように論じた後、さらに、馬琴が『八犬伝』中の「簡端贅言」で、「和漢その文異なれども、情態をよくうつし得て其趣《おもむき》を尽《つく》せる者、俗語ならざれば成すこと難《かた》かる、彼我同じく一揆なり」と認めながら、俗語が鄙俗《ひぞく》化し侏離《しゅり》（ちんぷんかんぷん）に陥りやすいことを恐れ、自分は駁雑《ばくざつ》（入り混った）の文を用いる、と述べたことに賛意をあらわす。しかし、その上で、著者は俗言でも我小説に必ずしも用い難いとは言えないとし、こう述べるのである。

　ヂッケンス（ディケンズ）翁の小説、フヒールヂング（フィールディング）翁の稗史など、ずいぶん俚言俗語を用いているが、前者はその故に非難されたことはなく、後者は「鄙猥《ひわい》なりとて排斥するものは多」けれども、それは作品の趣向によるのであって、文章を難じられているのではない。我国の俗談平話《へいわ》は冗長《じょうちょう》に失する弊がある（著者はその一因として、俗談に上流の人に対するのと下流の人に対するのとで著しい相違があることなどを、実例によって詳しく語る）。が、自分が、断じて」強調したいのは、物語中に現われた人物の言葉として俗言を用いることには何の妨《さまた》げもない、ただ地の文では（「我が国の俗言に一大改良の行はれざるあひだは」）俗言を用いるべきではないということだ。とこう述べて、著者は為永派の松亭金水《きんすい》作『鶯塚千代廼初声《うぐいすづかちよのはつこえ》』の一節を引いてその不都合を説明した後、このように論じるのである。

言《ことば》は魂なり。文は形なり。俗言《ぞくご》には七情ことぐく化粧をほどこさずして現はるれど、文には七情も皆紅粉を施《ほどこ》して現はれ、幾分か実を失ふ所あり。俗言のまゝに詞《ことば》をうつせば、相対して談和するが如き興味《おもしろみ》あり。稚俗折衷の文をもて詞《ことば》をつゞれば書簡《てがみ》を読むの思ひあり。其おもしろみの薄かることいふまでもなきことなりかし。俗文の利すでに斯《かく》のごとし。唯憾《うらむ》らくは世に其不便を除くの法なし。嗚呼、我党の才子、誰れか此法を発揮すらむ。おのれは今より頚《うなじ》を長うして新俗文の世にいづる日をまつものなり。

議論が行ったり来たりして、読んでいていささか苛立たしくなる。しかし要するに、逍遙は俗文体に共感を抱いていたが、その欠陥もよく認識しており、「新俗文」の出現に期待を寄せていた。それが「言文一致体」となるのだが、まだその具体的な姿を思い描くことはできなかったのだ。そこにいたる手だてとして、(3)の文体の分析、探究となるのである。

(3) 雅俗折衷文体。著者はこれを稗史体《よみほんたい》と草双紙体《くさぞうしたい》の二つに大別して詳述する。

(甲) 稗史体は、地の文に雅言七八分の雅俗折衷文を用い、詞(会話)に雅言五六分の雅俗折衷文を用いるもので、「臨機応変に貴賤雅俗を写し分《わか》つに便」である。時代物語を綴るには絶好の文体であるが、その難点を挙げれば、第一に雅調に偏しやすいこと(稗史《よみほん》の文の多くがこれ)、第二に俗調に偏《かたよ》ること(浄瑠璃本や端歌《はうた》めきたる文体に流れやすい)。と、こう言いながら、著者はこの文体の「本質」と言える文章の例に『八犬伝』『美少年録』を引用、この文体を「上中下の[階級の]情態を叙するにも遠きむかしの景情《ありさま》を写すにも最も適当せる好文体」と推奨している。またさらに、これに付随して、「音韻転換の法」(いわゆる相関《かかり》[掛け]言葉など)、「意義転換の法」(上の変型)、「古詩歌引用の法」(本歌取り)、「題目構成の法」(章の題などに対句となるような漢文字を二行並べるたぐいの方法)などを実例をあげて説明、読者に一層の「新工風」をするよう促す。

ここでちょっと息抜きに、矢野峰人著『日本英文学の学統』でも指摘されている、逍遙の気の利いた論述ぶりを紹介しておこう。「意義転換の法」の一つとして口合《くちあい》（語呂合わせの類）も拒否すべきではなく、たとえば一七世紀の英国詩人George Witherは、その姓が凋落を意味するところから、家運の衰頽を嘆いてThe very name of Wither shows decayと表現した。それを逍遙は「『凋む』てふ名にもしるしや我宿《わがやど》にかゝるなげきの秋をみんとは」と訳して見せた。矢野先生はその「国文学の素養の程」に感心して見せるのである。

さて、このあたりから、『小説神髄』は著者自身の文体に、読者に訴えたり説教したりする調子が強まるようだ。自分（逍遙）は馬琴翁の文章を多く実例に引いてきたが、馬琴翁の文体は彼独自のものであって、後の人の学び難いものだ、ただ「雅言と俗言との折衷塩梅《あんばい》にのみ心を配りて、臨機応変に筆を動かすべし」と言って、さらに「雅俗の分量を標準として文を綴るは、なほ酒に水を混《まじ》ふるがごとし」と、卑近な比喩で実践的な教訓を述べる。教訓はまた、馬琴翁の文は源氏、平家、太平記、水滸伝、西遊記等の文を折衷して独自につくり出したもので、「杜撰もあれば牽強《こじつけ》もあり」、そのまま真似すべきものではない、「小説文を学ばんとせば宜《よろ》しく翁の本拠に遡《さかのぼ》り、『源語』、『平語』、『太平記』等を読み味ひて、更に一機軸を工風すべし」という、えらく高級な内容にもいたっている。

（乙）草双子体は、稗史体と比べて俗言を用いることが多く、漢語を用いることが少いという違いがあるだけである。これにもさまざまあって、京山（山東、京伝の弟）、種彦（柳亭）の文章はおもに京阪《かみがた》の俗語を用いるが、種員《たねかづ》（種彦の弟子）、応賀《おうが》（万亭）などは多く雅言をまじえる、と言って著者は多くの実例を引きながら、俗言を用いるときの弊害を乗り越えるために作家たちが工夫をこらしているさまを具体的に教示する。そして草双子体は、時代物には決して適合せず、世話物にのみ用いるべきだ、と述べ、結論の部分に来てこのように説くのである。

按《おも》ふに時代物語は文政、文化の作者輩が最も得意とせし所にして、傑作も頗る多かるから、今の小説作者にして時代物語を綴ればとて、彼の馬琴の傑作小説を凌駕せむは容易《たやす》からぬ事なるべし。如《しか》ず、時代物を抛擲《ほうてき》して世話物にのみ意匠を費し、未曽有の物語を工夫すべし。

なんとも情ない程に現実的な教訓である。ただ最後に踏ん張って、この項をこんな風に結んでいる。

世の活眼なき似而非学者《えせがくしや》は我が草双子の文体をばいと鄙《ひな》びたりとて罵れども、さるは小説の何たるを解せざるに出《いで》たる謬錯《あやまり》のみ。小説は人情及び風俗を活《いけ》るが如くに叙《じよ》しいだして、読むものをして感ぜしむるを其目的とはなすものなり。仮令《よしや》俗言俚語ありとも、其文章に神《しん》ありなば、他の絵画にも音楽にもまた詩歌にも恥ぢざるべき一大美術といふべきなり。

❖

『小説神髄』の全体の構成を見、そのうちのいくつかの特徴的な項をこまかく見たが、総じて「神髄」とは言うものの、これは小説のエッセンスを語ってみせるたぐいの本ではない。純粋理論書ではまったくないことは、いまや瞭然だろう。逍遥が自ら「手当り放題」の「抜き読み」を「ともかくも組織立て」た本だと言うのは、謙遜した言い方だったとしても、事実なのだ。いささかこまかく検討した項を見ても、英文学から得た小説についての知識、見識はかなり限られていて、むしろ、これまた逍遥自ら「緒言」で（これだけは）自信をもって言っているように、馬琴・一九以降の江戸戯作者の文学に通暁し、その勧懲主義はだんこ否定しても、彼らの文章がこれからの小説にどこまで、どういう風に生かせるかを、力をつくして考えている。ただ決定的なことは、「人情及び風俗を活るが如くに叙《じょ》しいだ」す、これからの「小説」にふさわしい文体を、まだ見出しえないでいたことだ。「新俗文の世にいづる日を待つものなり」、「未曽有の物語を工夫すべし」と、声を大にして言っているだけである。だからこそ、逍遥は「神髄」をはっきり未完成と認め、学者として恥じてもいた。

しかし、これほどのスケールでもって「小説」のあり方を探究してみせた本は、日本にこれまでなかった。木村毅氏が氏独自の自由な口調で雄弁に語られるように、この論考の「種本」となれるような西洋の著作もなく、逍遥は「田舎育ち」の実直さで材料を集め、「倩々惟みるに《つらつらおもんみるに》」を重ねて、単に小説の主題だけでなく、表現のあり方にまで、極めて現実的な思考を展開してみせた。これは学問する者の基本の姿を、実は堂々と見せつけた本である。そして重要なことは、たいそう実践的な内容であることだ。著者は俗語体の使用に共鳴を寄せながらも、その長所短所を慎重に計ってみせ、どういう場合に有効で、どういう場合にそうでないかを考察してみせる。そして実のところ、言文一致の実現の一歩手前まで近づいていたのである。

ここで、あの二葉亭四迷が登場することになる。二葉亭四迷、本名長谷川辰之助は、逍遙より五年近く遅れて元治元（一八六四）年、尾張藩の下級武士の子に生まれ、逍遙とほぼ同じく、五歳から九歳まで名古屋で少年期を生きた。それから父に従って島根県の松江で生活したが、やはり「田舎育ち」と言える。ただしこちらは田舎育ちに時々ある一刻者で、ひとり暗い顔をして、ひとつことにしがみつき、とことん突進する性格だった。逍遙を鈍角の秀才だったとするなら、こちらは良い意味で鋭角の秀才だった。彼は東京外国語学校の露語学科に入ったが、逍遙のようにのんびりと広く読んで文学に親しむのではなく、作家ではツルゲーネフ、批評家ではベリンスキーといった風に的をしぼって読み耽り、あるべき文学とその表現を懸命に探った。が、父の退職により、もともと不満をもっていた外国語学校を退学、その直後の明治一九年一月に、文学士坪内雄蔵著『小説神髄』（はじめ九分冊で出たもののたぶん第一冊と第二冊で、「小説総論」や「小説の変遷」の項を含む）を繙《ひもと》いた。そして飛び上がるほど（と私は勝手に想像するのだが）興奮した。そしてさっそく逍遙を訪れ、『神髄』の内容についてさまざまな質問をすると同時に、自分の思いを縷々と述べたこと、二葉亭に問いつめられて、逍遙が自分の論には「何にも無い」と答える羽目に陥ったことはすでに述べた。逍遙は自分が文学士で年長であっても、自分の方こそこの若者から学ぶことが多いと感じたに違いない。彼はこれ以後、二葉亭に生活上、文学活動上のことでいろいろと援助を与えたが、「小説」について考えをめぐらせる上ではむしろ二葉亭に兄事することが多かった。

さて、こうして二人が会ってから二か月足らずたった明治一九年三月一九日に、二葉亭はツルゲーネフの「父と子」の部分訳「虚無党形気《かたぎ》」の原稿を、逍遙に渡している。これは逍遙によると「最初の口語体の小説訳文であった」という。逍遙と会う前から訳し始めていたのか、逍遙と会ったのが刺激となって訳し始めたのか、よく分からない。逍遙はすぐにこれを大阪の出版社に送ったが、出版されずに終わり、原稿もその後、失われてしまった。

そんなことがあって間もなく、二葉亭は「小説総論」と題する短い文章を『中央学術雑誌』(四月一〇日)に発表した。これは高田半峯が編集に当たっていた雑誌なので、逍遙の紹介によって掲載されたのだろう。「抑々《そもそも》小説は浮世に形はれ《あら》し種々雑多の現象(形)の中に其自然の情態(意)を直接に感得するものなれば、其感得を人に伝へんにも直接ならでは叶はず《かな》。直接ならんとには模写ならでは叶はず。されば模写は小説の眞面目《しんめんぼく》なること明白なり」と、一見『神髄』と似たことを言っているようだが、形(フォーム)から意(アイデア)を感得させることの実現に「模写」の徹底を主張しているわけで、逍遙を一歩突き抜けていたと言える。

そして翌明治二〇年六月、まさに歴史的な、最初の言文一致の長篇小説『浮雲』(第一篇)が出版されたのである(第二篇は翌二一年二月)。これも逍遙が出版社(金港堂)に紹介し、「春のや主人・二葉亭四迷合作」ということにして実現できたのだった(表紙には「坪内雄蔵著」となっている)。ただ、よく見れば言文一致体だが、逍遙が「一言二言の忠告」などしたからか、『小説神髄』で言うように地の文は若干雅言を混じえ、文語調に近寄って見える。それでも言文一致体なのだ。

しかしさらに翌明治二一年七月から八月にかけて、二葉亭は今やあまりにも名高いツルゲーネフ作「あひびき」を、一〇月には同じく「めぐりあひ」を発表する。彼自身が「いや実に読みづらい、佶屈聱《きつくつごう》牙《が》だ」(『成功』明治三九年一月「余が翻訳の標準」)と言うような出来栄えだったが、日本中でたぶん最も目を見張ったのは坪内逍遙であっただろう。これより、気質のまったく違っていたと思われる二人は、中村光夫氏の言う「明治以来の文学者の友情の最も美しい例」(『二葉亭四迷伝』一九五八年)を展開していくのだが、これはもう二人の伝記の方にまかせよう。

第五章

「不愉快」から「飛躍」へ

『小説神髄』と並んで、坪内逍遙を文壇に押し出す上で重要な役割を演じた著作に、相前後して出版された小説『一読三歎当世書生気質《とうせいしょせいかたぎ》』がある。正確には明治一八年六月から翌年一月にかけて雑誌式に十七分冊で刊行されたから、『神髄』の刊行開始より五か月早く出始め、三か月早く完了したことになる。作品の「はしがき」では『神髄』の方が先に書かれた趣きだが、河竹・柳田両氏によれば、後年、逍遙自身が「作の方が先きに出来、論の方がやゝ後れて取りまとめられ」たと述べたという。「この小説における勧懲主義批判は『神髄』におけるほど徹底したものではなかった」ことの理由づけにもなるだろう。

しかし、勧懲主義批判の強弱の問題なぞよりもっと重要なのは、この小説が当時の書生（学生）の風俗を描いて、高田半峯の言うようにソーシャル・ノヴェル（社会小説）となってはいた、けれども文章は（会話には俗語体を大いに入れてはいるが）地の文はかなり古めかしく、結構も戯作調が目立

図版6　『書生気質』執筆当時の逍遙
F73-00208　早稲田大学演劇博物館所蔵

ち、まさに「春のやおぼろ先生戯著」という表紙の署名通りのものだったことである。これと比べると、『神髄』は内容に不徹底さがあったとしても、主張の姿勢はすっきりしていて、「文学士」坪内雄蔵の学者的意気込みを示していた。

と、こんなふうに言っても、その時代にこれをおいてみると、『書生気質』は新しい文学を探っている者にとって地平に射す曙光の感があった。ひとつは、幸田露伴（逍遙より八歳若い）が言うように、当時、文学（小説）などの社会的評価は低く、「文学士」は目もくれなかったのに、逍遙はそれを書くことを自分の「仕事」として見せたのだ。露伴が逍遙によって文学革新に目覚めたことは間違いない。もっと更に若く（逍遙と九歳違い）、自ら西洋文学の導入に大きな働きをした内田魯庵は、短い言葉ながら当時の文学情況を含めてこう回想してみせている――「か丶る折柄《から》卆然崛起《くつき》して新文学の大旆《はた》を建てたのは、文学士春廼舎朧であつた。世間は既に政治小説に醒めて、欧米文学の絢爛荘重なるを教へられて憧憬《あこが》れてゐた時であつたから、彼等の風を満帆に孕ませつ丶、此の新しい潮流に進水《ラウンチ》した春廼舎の『書生気質』が、恰も鬼ケ島の宝物を満載して帰る桃太郎の舟の如くに歓迎されたは当然であつた」（『きのふけふ』大正五年）。

ともあれ、『神髄』と『気質』の両著が出揃った明治一九年、坪内逍遙はまだ満二十七歳になったばかりの若さだったが、明治文学もようやくこれから形を成していこうという若い時であり、彼は一挙に文壇の寵児《ライオン》となり、まるで大家の扱いを受けるようになった。「文学士」の肩書きも、大いに働いたことは間違いない。

逍遙はこれ以後、文学に関して新聞雑誌にさまざまな評論文を寄せ（彼はたいへんなスピードで執筆できたらしい）、西洋小説の翻訳も次々となし、さらに自身の長篇小説では（なんと明治一九年のうちだけで）『新磨《しんみがき》妹と背かゞみ』（『書生気質』が書生の風俗絵巻といったものであったのに対して、こちらは男女の「人情」の深刻な相を描き、小説としての結構を押し進めている、が、文体に進歩はない）『内地雑居未来の夢』『諷誡《ふうかい》京わらんべ』（ともに政治的なアレゴリー小説で、あれだけ人情世態の「模擬」を小説の使命としていた逍遙としては、後退した内容と言うべきだろう）を立て続けに出版した。ほかにも未完の小説をあちこちに発表する、というふうだった。

ところが彼は、明治二二年一月、短篇小説「細君」を『国民之友』に寄せた後、その一月の日記の劈頭にこう記したのだ――「今年より断然小説を売品とすることを止め、只管《ひたすら》真実を旨として人生の観察に従事せんと思ひ定む。ゾラ、サツカレー等の作の一部を時々翻訳す、すべて意の如くならず。」

年頭の日記にこの種の所感をしたためるのは、誰しもよくすることだろう。だが逍遙の場合、東京大学に入って以来、田舎者ののんびりさの裏で実は突っ走ってきた翻訳、創作、評論の仕事に、深刻な疑念、反省が生じていたことは間違いない。すでに言及、引用もした後年の回想の文章で、彼は東大在学中の明治一五、六年からこの明治二二年までを自分の著述生活の「第一期」とし、これをほとんど全面否定して見せる。『小説神髄』ですら「これといふ一定の基礎書もなく、寄せ木細工式に捏《でっ》ち上《あ》げた芸術論」であったとし、『書生気質』は「要するに、暢気《のんき》な、なまけ学生のいたずら書きにすぎない」と片づけ、二つまとめて「学芸的には、全く無価値の著述なのだが、時代が幼稚であった為に、多少の反響があつ」ただけだったと述べ、明治二三年頃までは「私に取つては、余り憶ひ出したくもない不愉快な時代だ」と締めくくるのである（「回想漫談（其一）」）。

逍遙の直接の弟子であった河竹・柳田両氏は、こうした表現を逍遙先生の「謙遜」癖のあらわれと見なしながらも、相当程度まで真実の思いの表現とも見て、伝記的事実による跡づけをなしている。この辺の柔軟さが両氏の『坪内逍遙』の嬉しいところだ。が、この「事実」の背後にはもう一つ大きなものが隠されていたように私には思える。

前にもちょっとふれたことだが、これよりおよそ十数年後の明治三六年、東京帝国大学「英文科」の日本人としては最初の講師となった夏目漱石は、同じように自分の学業をふり返った文章で、それに関係する「不愉快」な思いを縷々と述べている。帝国大学の英文科に（事実上最初の学生として）三年間在学し、光栄ある「文学士」の肩書きを頂戴したけれども、「何となく英文学に欺かれたるが如き不安の念」を抱き、その不安の念をもって松山や熊本に赴き、さらに英国留学を命ぜられてロンドンで懸命に勉学したが、「不安の念を解く事が出来ぬ」まま、「尤も不愉快の二年」を過ごし、帰国して帝国大学で教える身となったものの、「帰国後の三年有半も亦不愉快の三年有半」であった、と言うのだ（「『文学論』の序」）。だがこの「不愉快」の積み重ねから、日本における理論的な文学研究の嚆矢ともいえる『文学論』（明治四〇年）や、独自の英文学史研究『文学評論』（明治四二年）が生まれたのだった。

「不愉快」とは心の底の「不安」に根ざす感情の表現だったかもしれない。漱石は、英文学研究に対する不安から当時最新の心理学や社会学を理論的支柱とする研究に転じ、それに熱中している間は、あまり不安を口にしていない。が、そういう理論頼りの講義が学生から猛反発を受け、不愉快の方に突っ走った。逍遙は、初めから自分の文学研究に理論的支柱を持たず、不安に堪えながら手さぐりの手をひろげ、当時まだ人の読んでいない英文学作品から、人のさんざん読んでもう読み捨てだしていた江戸戯作文学までを、ごちゃまぜに読んで何とか自分の理論をつくろうとしていた。やはり不愉快にならざるをえなかったのだろう。しかし彼の場合も、この不愉快を踏み台にして、新しい飛躍をしていくのである。

日記の初めに「今年より断然小説を売品とすることを止め」と言うのはよく分かるとして、「只管真実を旨として人生の観察に従事せん」と決意したのは、具体的にはどういうことを意味したのか、よく分からない。この後も文章は書き続けたし、同年一二月には高田半峯に誘われて、河竹・柳田両氏の評伝の表現に従えば『読売新聞』に「文学上の主筆」となって入社している。当然、ジャーナリズムの仕事が多くなり、実際、『読売』紙上だけでも毎月、何点かの記事を書いている。

河竹・柳田評伝は、逍遙の痛烈な反省、自己批判癖を踏まえて、明治二一年、三十歳前後の頃から、逍遙の性行（性質と行動）は「安易な現実主義者」から転じて、「飽くことを知らぬ理想主義者」へと交替しつつあった、と述べている。友人たちが熱心に文学論議に華を咲かせているのに自分は参加せず、無言の傍聴者を決め込んでいた大学生の逍遙は、たしかに「安易な現実主義者」だったかもしれない。しかし「飽くことを知らぬ理想主義者」とは、いったいどういう意味か。後年の逍遙に親炙した『坪内逍遙』の著者たちは、その人格的な高さに引かれて、この表現を用いたのかもしれぬ。逍遙自身も、まさに、そういう後年の自分を「アイディアリスト」と呼ぶことはあった。だがそれには、しばしば彼得意の自嘲的ニュアンスが込められていた。「……年を重ねるにつれて、以前とは大分ちがった、容易に笑はない、生眞面目な、時として怖ろしく気むづかしい、一種のアイディアリストとなってしまった」といった具合である。

私は逍遙の「性行」に接したわけではないし、本当のところそれは関心の外にある。あくまで彼の学問、あるいは学者としての姿勢に限って言えば、明治二二年前後の深刻な自己検討以後、彼は「安易な現実主義者」から、「只管真実を旨として人生の観察に従事」しようとする、より高い次元の現実主義者になっていった、と見るのが自然ではなかろうか。

具体的には、それはどういうことなのか。都会へ出て来た「田舎育ち」が、ひそかに「不安」をかかえ込んで、ひとり傍聴者を決め込むのではなく、積極的に人生の観察に従事し、自分の思いを周囲に直接真剣に伝え、人を幅広く受け容れようとする現実主義者である。もっと具体的には、とあくまで私は具体的な姿を探すのだが、明治二三年、彼がようやくシェークスピヤ研究を自分の学問の柱とし始め、また自分の主導によって東京専門学校に文学科の創設を実現したことは、日本における「英文科」に新しい道を開くことにもなった、最も具体的な「飛躍」の姿であったと私は思う。

文学科と『早稲田文学』

明治二三年九月、東京専門学校は従来からあった政治科と法律科に加えて、文学科を開設した。この動きには、衆目の認めるところ、坪内逍遙が積極的に深くかかわっていた。

これより八年前、明治一五年九月、東京専門学校が開校した時、校長・大隈英麿が「開校の辞」で、政治科、法律科のほかに「英語学科」を設けると語ったことはすでに述べた通りである。どんな組織で、どんな教員がどんな授業をしたか、といったことはよく分からない。高田早苗や、翌年から講師となった逍遙が教員になっていたことはまず間違いないが、「学科」と言えるほどの組織ができたのだろうか。疑いたいくらいだ。

『早稲田大学百年史』(第一巻)は東京専門学校時代の早稲田のこともさまざまに語るが、「学苑創設以来のアキレス腱とも言ふべき英語学習問題」と――たとえば『東京大学百年史』などからはまず期待できぬ――「生きた」言葉を使いながら、とにかく「学問の独立」のために英語学習が重視されたことを述べた上で、「そこで、創立当初から英学科が設けられて、希望学生に英語を兼修させ、その後名称こそ兼修英学科、英学兼修科、英語兼修科、兼修英語科と幾変遷したけれども、英語が必修科目なり随意科目なりとして各専門学科の学科配当中に組み込まれるまで存続したのと同時に、十八年には、そのほかに専修英学科が設置され、これまた名称は、その後英学本科、英語普通科、専修英語科と変化したが、専ら英語を中心として「普通学」を授けるのを使命としたものから、英語専門諸科の予備門へと質的転換を遂げた後、二十九年には、実用英語の教授を主目的とする独立の英語学部へと発展的解消をしたのであった」云々といった記述が進み、私には何が何だか訳が分からない。結局、ここでいろいろ出てくる学科名は、私たちが普通言う「英文科」とか「英語科」のような「学科」ではなく、希望者には英語を教える備えがあるよ、といったことのような気がする。そしてわが逍遙は、その要員の一人であった、というわけなのだ。

逍遙の授業課目については、市島春城（東京大学では高田、坪内の仲間で、明治一四年卒業を待たずに大隈重信の許に参じ、東京専門学校においてはその運営に当たっていた）の回想記「東京専門学校文学科の創設」（『逍遙選集』第一二巻に『早稲田学報』より転載）があるので、それによって見ると、文学科開設まで逍遙は「普通の講師」であり、政治科や法律科でも「英文訳読」の授業のいくつかを受け持っていた。「其中の最も高尚な教課書であった『マクベス』を担当してゐたのは高田博士であつた」。逍遙は「訳読以外の受持は西洋史、英国憲法史、社会進化論等で、就中西洋史には最も念が入つた」。（このほか、心理学や社会学、「倫理実習」なるものも教えたらしい。）「坪内君独特の講義振《ぶり》は宛《さな》がら講談を聞くやうに興味があつたので、学生は皆喜んで之れを聴いた」という。

逍遙がまだ東京大学在学中から、落第で給費資格を失った後は、生活のため自分の下宿を私塾とした鴻臚学舎や、もっと本格的な東京大学予備校の進文学舎などで英語を教えたことはすでに述べたが、河竹・柳田『坪内逍遙』は、そこでも「先生は時に身振をなし、時に声色を使はれるなどして、聴講生に非常な興味を覚えさせた」という当時の聴講生の証言を伝えている。まさに「芝居がかった」講義で聴衆を引きつけるだけでなく、内容をたかめ、東京専門学校での授業でさらに磨きをかけていったのであろう。

こういう大サービスをしながら、東京専門学校では出講するとだいたい三時間受け持った。週に何日出講したかは分からぬが、ほかの学校などへもいろいろと出講していたから、ひっくるめると週に四十時間もの授業をしていたという。この間に翻訳をし、小説を書き、雑文も書きまくっていたわけだ。怠け者という本人の言い草にもかかわらず、逍遙は途方もない活力の人だったと言わなければならない。

ともあれ、このように忙しい教員生活、しかも多産な文学者生活をしていたわけだが、逍遙自身は後にこの生活をいたく反省することが多かった。少年時代に親炙した化政時代の戯作の情緒が身についていて、大学で西洋の文学・文明を学んでも「稚気《ちき》と暢気《のんき》と無主義」で通すところがあり、ふと真剣に立ち返った時、自分は「なまけ者で我儘」に生きているように思えたのだ。文学に対する姿勢でもそうだった。『書生気質』は言うまでもないとしても、『小説神髄』ですら、つい何となく書いてしまったと思うところがあり、後に自ら「旧悪全書」と呼んだりした。

しかしこういういわば「俗」的な姿勢が、逆に逍遙の強味であったと私は思う。これは逍遙についての重要な局面だと思うので、いささかくどくなることも恐れずくり返して述べておきたい。大真面目な秀才型人物が、新時代の文学・思想を新時代の頭で受け止め、終始真剣に考え、その考えの方向に遮二無二前進すべく努めるというのも、この時代にふさわしい一つの姿勢であっただろう。二葉亭四迷はそれであったかもしれぬ。二葉亭についてはもう深入りしないが、彼に比べて逍遙はゆったりしていた。反省心の強い彼は、決して「俗」に遊んでいただけではない。「俗」から脱け出して清なる、あるいは聖なるものを求める気持は常にあり、またその努力もしていた。しかし「俗」にひたり、それを愛する気持も強かったのだ。（先に松本清張の小説「行者神髄」に刺激されて言及した、逍遙が根津の遊郭に身を沈めていた女性と結婚したことも、この生き方と関連するかもしれない。）

逍遙が自らくり返して言う「田舎育ち」とか「無主義」の姿勢とか、あるいは彼の「俗さ」といったものは、彼の反省の材料となったかもしれないが、彼の長所として働きもした――彼の「学問」に関係してもそうだった、というのが私のいま述べたいところである。彼の「俗」的姿勢は、彼の学問を先鋭化はさせなかったかもしれないが、抱擁力のあるものにした。そしてそれが東京専門学校「文学科」の性格に好ましく反映した、と私は思うのである。

まず、彼は英語教師として何でもかでも押しつけられていたように見えるが、彼のまわりには英語・英文学を愛する若者たちが自然と多く集まり、シェークスピヤ研究会とか、いろいろな勉強会のようなものができた。河北・柳田『坪内逍遙』の記述から勘案すると、そういうものの盛り上がりが、あの訳が分からぬ兼修やら専修やらの果ての英語普通科といったものを「文学科」に改造することにつながっていったように思える。

ともあれ明治二三年の五月、東京専門学校評議会が「文学科」の創設を議決すると、六月にはもう生徒募集の新聞広告がなされ、九月には開講にいたっている。胎動期というものは何だか分かりにくいが、生まれるとなると一挙に物事が見えてくるものらしい。

ところで、こういった経緯は河竹・柳田『坪内逍遙』にある程度詳しく語られ、そのほかの早稲田の人たちによる逍遙の伝記にも大略同様の表現があり、大小の早稲田大学史もそのもととなるような事柄は伝えている。しかしそれらのどれにも意識的にか無意識的にか触れられていない事で、私には、重要か重要でないかは別として、ぜひ触れておいてほしかったと思える出来事がある。

同じ明治二三年、慶應義塾が「大学部」を開設し、そこに「文学科」を設けたのだ。さらに私は、明治一九年三月、帝国大学令が制定され、逍遙も学んだ東京大学が帝国大学へと変貌したことも、無関係ではなかったと思う。

帝国大学令の第一条は、「帝国大学ハ国家ノ須要ニ応スル学術技芸ノ蘊奥」を教授・攻究することを目的とするとうたっている。そして第二条では、その「攻究」の機関として「大学院」を設けることをうたう。これまでの東京大学が文明開化の指導者養成を目的としていたことからの方向転換であると同時に、学問攻究の場としての向上を方針として明示したわけだ。こういうことのさらに具体的なあらわれとして、帝国大学は、従来の東京大学が法・理・文に加えて医の四学部から成っていたのを、法・医・工・農・文・理の六つの分科大学（学部）に拡充した。問題はそのうちの文科大学（文学部）であるが、その内容を見ると、政治学や理財学ははずして法科大学に移され、今日言うところの人文系の学問が中心となり、本邦文学（国文）、哲学、心理学、論理学、道義学、史学、社会学、古物学、人種学、博言学、希臘及羅馬語学、梵語学、セミチック語学、英文学、修辞学、独逸文学、仏蘭西文学、支那文学と、一挙に細分化している。もっともこのうち実際に学科として組織されたのは、明治一九年に哲学科、和文学科、漢文学科、博言学科の四学科のみで、翌明治二〇年になって、史学科、英文学科、独逸文学科が増設された。

そして、まさしくこの「明治十九年の七月ころから」、在野の教育機関の雄、慶應義塾で「大学部」設立の話が起こってきたというのである（『慶應義塾百年史』中巻・前）。福沢諭吉は官公立諸学校に対抗しようという思いが早くからあったが、義塾の歴史からして、具体的には当然のごとく英語教育の発展が意図された。ほんの一例をあげれば、明治一九年一一月一一日付、アメリカ留学中の息子一太郎宛書簡で、彼は「英語はますく盛に相成、唯この上に資本金さへあれば大学校に致度と教員は申居候。此英語に就ても、貴様が帰朝したらば言語文章共教授の為め甚だ便利にして、大に塾の力を増すことならんと申居候」としたためている。そして明治二二年一月には大学校設立のための資金募集の趣意書を発表した。義塾は今や「一個の私立普通中学校として視る者なく、世人の意中にこれを大学校視する者往々少しとせず」、よって名実それに適《かな》うようにしたい、まずはその手段として「今般外国より有名の教師両三名を聘し、文学、法学、商学の三科を設けて大学校の地位を定め」云々と言うのである。

こうして実際には明治二三年一月、米国のハーヴァード大学（総長は当時、著名なC・W・エリオット博士）に相談して、W・S・リスカム、G・ドロッパーズ、J・H・ウィグモアの三名の推薦を得、そのそれぞれを主任教師とする文学科、理財科、法律科の三科から成る「慶應義塾大学部」を発足させたのだった。慶應はもともと日本における「英学」濫觴の舞台であるが、それは実学を目指していて、本書で問題にしているような純文学的な学問とは距離があった。そのためかどうか、ドロッパーズやウィグモアは日本で学問的な業績も残しはしたようだが、リスカムについてはその種の足跡が見当たらない。そして病を得て、明治二六年には帰国したらしい。ただ『慶應義塾百年史』によると、担当科目は英文学で、エマソンやO・W・ホームズを教材としていたようだから、とにかくアメリカ文学の授業をしていたのだろう。当時としては非常に珍しいことだった。

慶應義塾の文学科は、すぐには発展しなかった。というより不振を極めて、十年後には「在籍者皆無になるとともに自然廃絶の形」（『百年史』同前）となってしまったくらいだ。しかし慶應が「大学部」を設け、その三本柱の一つに「文学科」を作ったことは、早稲田の指導的な人たちにとって看過できぬ出来事であったに違いない。すぐさま、同年五月に、東京専門学校臨時評議会で「文学科」創設が決議される事態となるのである。

六月にはもう、生徒募集の新聞広告がなされた。『読売新聞』（六月一八日）の広告では、これが「英語普通科」の上に設けるものとして、「英語文学科」という名称になっている。『郵便報知新聞』（一〇月五日）に掲載された「東京専門学校募集広告」（『早稲田大学百年史』付録の形で出された『東京専門学校校則・学科配当資料』一九七八年に再録）は、じっくり読むとさらに興味深い情報をいろいろと与えてくれる。生徒募集する学科は英語専門科、英語普通科及予科、邦語専門科、英語兼修科、および少年舎で、最初にあげられる英語専門科について、「予科一ヶ年、普通科三ヶ年の課程を経たる者を教授する者にして世に所謂『大学科』なる者なり。今年更に内外の諸士を聘して『文学科』を組織。……此学科は卒業期限三ヶ年にして、教科用書は学校より貸与す」とある。慶應が作ったばかりの「大学部」を「世に所謂『大学科』なる者」と遠まわしに表現し、早稲田の「英語専門科」はそれと同等のものだと主張、今年さらにそれを「文学科」と組織替えしたというのである。

さらに広告を読み進むと、この「文学科」が「政治、司法、行政」の三科と並ぶものになっており、早稲田の「大学科」は全四科から成ることが分かる。それから、最後に「文学科受持講師」の名前が列記される。後からまたあらためて問題にし直したいが、この文学科では「和漢洋三文学の調和」ということを「創設の標語」としていた。河竹・柳田『坪内逍遙』ではこれを「時代の要望」と述べているが、実際的な必要もあったのではなかろうか。慶應のように、学科の主任としてアメリカから教師を招聘するような力はない。「学問の独立」といった面からも、この方がぴったりする。そして実際、「三文学」の各分野で、それぞれ第一級の人材を揃えて見せた。まず最初に国家論担当として高田早苗の名をあげているのは、やはり彼が学科主任に相当する地位にあったからではないか。あとはどう見ても順不同で十一名が列記されているが、和（国文）からは今古集《ママ》、文学作歌の落合直文、漢からは論語講義の三島中洲（二松《にしょう》学舎の創設者）や、詩経講義の森田思軒、杜詩偶評講義の森槐南、そして洋からは英文学史の坪内雄蔵、ほかに論理学の三宅雄二郎（雪嶺）、課外講義の饗庭《あえば》篁村（『読売新聞』記者をしていたが、逍遙と親しくなり、ディケンズやポーの翻訳などもした）など、錚々たる名を集めている。

文学科の講師陣の話になったので、いささか先走り、この科に関係して一、二、注目すべき人物に触れておきたい。まず、翌二四年に講師陣に加わった大物として、大西祝《はじめ》（操山）の名を逸するわけにはいかない。同志社英学校の普通科と神学科を出てから、明治一八年東京大学予備門に入った。その入試の折、「口頭試問の試験官がミルトンの『失楽園』について質問すると、原文を暗記していて、滔々と読み上げ尽きるところがないので、もういいと言って英語の試験は満点をつけられたという話が伝わっている」（『早稲田大学百年史』）。よくある秀才神話の一つだろうが、大学の正史がなかば信じたふりをして伝えているところに、この人物への学校の思い入れが感じられて面白い。明治一九年、帝国大学文科大学哲学科に入学（ということは、その第一期生である）、とくに論理学を得意としたらしいが、文学一般にも関心は広かった。二二年卒業、大学院に進んだが、二四年、東京専門学校の講師となった。初め英詩文の講義も受け持ったようだが、論理学、心理学、倫理学、美学、西洋哲学史などを講じた（文部省派遣による欧州留学のため、三一年まで）。たいへん熱心でかつ熱烈な教えぶりの教師だったという。逍遙とも親交を結び、逍遙は草創期の文学科の雰囲気も伝える興味深い回想を残している。

其頃は、文学といふと小説だとばかり思つてゐた者が多く、随つて入学生の半分ぐらゐは、最初は、たとひ軽薄とはいはないまでも、多少浮附《うはつ》いた心持でゐたものです。遊戯気分が七八分で、真摯な向上心は乏しかつた。それが、いつの間にか、一般に人生観だの、世界観だの、理想だの、主義だの、立脚地だのといふ語を口頭でも筆の上でも競つてふんだんに使ふやうになつたのは、主として大西君が指導されてからであつた。

（『逍遙選集』第一二巻所収「大西祝」）

河竹・柳田『坪内逍遙』によると、学生は大西の「熱と徳とに敬服し、逍遙は父、大西は母」と仰いでいたという（もっともこれは長谷川天渓の個人的感想を、この二人が学生一般の思いとして記したものかもしれない、父と母が入れ替わっているが）。

もう一人、ここで触れておきたいのは、夏目漱石である。彼は帝国大学文科大学英文科三年生の時（というと、明治二五年九月以降）、大西祝（大学では大西が四年先輩）の紹介で講師（実質的には、いま言うところの非常勤講師のようなものだっただろう）になった。「東京専門学校へ英語の教師にいってミルトンの『アレオパジチカ』といふ六ケ敷《しい》本を教へさゝれて大変困つたことがあった」（『趣味』明治四〇年二月「僕の昔」）という談話の回想を残している。先任者（あるいは大西か）の授業を引き継いでこうなったのかもしれない。これと関係するかどうか分からぬが、彼の授業が評判よくなくて、生徒の間に排斥運動が起こりそうだと正岡子規から手紙で知らされた時の返書が残っている（明治二五年一二月一四日付）。「過半の生徒は力に余る書物を捏《こ》ね返す次第なれば、不満足の生徒は沢山あらんとその辺は疾《と》くより承知なれど」そんな運動があろうとは「思ひも寄らず」と述べて、「この際断然と出講を断はる決心に御座候」と結んでいる。

漱石はこういう時、一途な行動に出ることの多い人だった。後に東京帝国大学の英文科講師になった時も、難解な講義で学生の不評を買うと、学長（井上哲次郎だったと思われる）に面会し、辞職を申し出ている――簡単に慰撫されて引き下がったが。それより十一年前のこの騒ぎの時も、漱石がすぐ逍遙に手紙を出したとか、翌明治二六年一月三日、「子規と坪内逍遙を訪問」したとかと漱石関係の年譜にあるのは、私は詳細を確め得ていないけれども、「断然と出講を断はる」ための行動であったと思われる。そしてやはり、逍遙に簡単に説得されたらしく、彼は帝国大学を卒業して明治二八年三月、『坊っちゃん』で名高い松山に赴任するまで、東京専門学校の講師を続けている。

さて、もうこの辺で坪内逍遙に目を戻そう。文学科で、彼は制度上は一介の「講師」であったが、事実上は学科の中心者として活動していた。そして彼の授業としては「英文学史」が表看板となっていた。「先ずアングロ・サクソン民族の歴史を略述し、詩祖チョーサーの出現を中心点に置いて、イギリスに新文学・新言語が発生し、そして新しき国民意識が芽生えてきた経過を説明した」という。主として、イポリット・テーヌの『英文学史』に拠ったものだろうか。ただし例のごとく「快弁滔々の講義」が「漸くここに円熟して……満堂の学生酔えるが如く」であったという（『早稲田大学百年史』第一巻）。

ほかに高田や大西、あるいは夏目漱石のような人たちによる英語・英文学に関係する授業は、いろいろあったに違いない。米人スタンレーという講師もいたようだが、私には詳細はまったく分からない。いずれにしろ学生は、先に引用した逍遙の文章にも述べられていたように、「多少浮附《うわつ》いた心持」、あるいは多くが「田舎育ち」であったことによる、のんびりした態度があったかもしれない。しかしまた河竹・柳田両氏は（珍しく感情的な言葉を連ねて）「学生は逍遙一人を目標にし、逍遙も亦率先するの態度を取り、師弟ともに火の出るやうな精進を続けた」と表現している。どちらの面もあったのではなかろうか。

ただ、「英文学者」坪内逍遙に焦点を当てるとすれば、彼がいよいよ真剣にシェークスピヤと取り組み出したことに注目したい。まずはこの年（二三年）の春、自宅に集まる「学生らの為にシェークスピヤの講義をはじ」めたらしい（『逍遙選集』所収、自筆「年譜」）。しかし「文学科」が開設し、「大学校」なみの質を持つ授業をするとなれば、東京大学でホートンに『ハムレット』を習って以来親しんできた、そして自ら『ジュリアス・シーザー』の自由訳を試みたこともある、シェークスピヤを本格的に研究し、教授しようと思い立つのは、ごく自然なことであった。『早稲田文学』創刊号に発表した「シェークスピヤ脚本評註」は、彼のそういう姿勢を見事に示す力篇であった。

明治二三年、東京専門学校に「文学科」を開設し、坪内逍遙がその中心的役割を果たし出したことは、彼が従来の「田舎育ち」のなまけ癖を「反省」し、学問に真剣さを取り戻したというたぐいの、個人的な事情によるだけのことではない。明治一九年の帝国大学創設や、それにどこかで反応した慶應の「大学部」開設といった、学問の転換点、その専門化を含めたひと飛躍の時期に、早稲田も、逍遙も呼応した、という面もあるのではないか。

しかも、帝国大学英文科はJ・M・ディクソンというスコットランド出身の英語学者が事実上一人で教え、学生はまさにその明治二三年に入学した夏目漱石が事実上ただ一人という状態で、淋しく寒々としていた（漱石は後に「何となく英文学に欺かれたるが如き不安の念」を持って卒業したと言っている）。慶應はといえば、ハーヴァードから先生を呼んできても、間もなく「自然廃絶の形」になる有様だった。だが早稲田では、一見情ない体の田舎育ちが、はるかに勢いよく学生を集め、育て、これから大「英文科」を作っていく。何とも目ざましいことであったと言わざるをえない。しかもたったいま言及した雑誌『早稲田文学』は、早稲田の「文学科」の発展に絶大な働きをなしたと思われるので、その土台のところを一瞥しておくことも無駄ではないだろう。

『早稲田文学』は明治二四年一〇月二〇日創刊（月二回発行である）、表紙に「東京専門学校」と発行所を明記していた。全七十頁。巻頭に記載の「『早稲田文学』発行の主意」を見てみよう。全四か

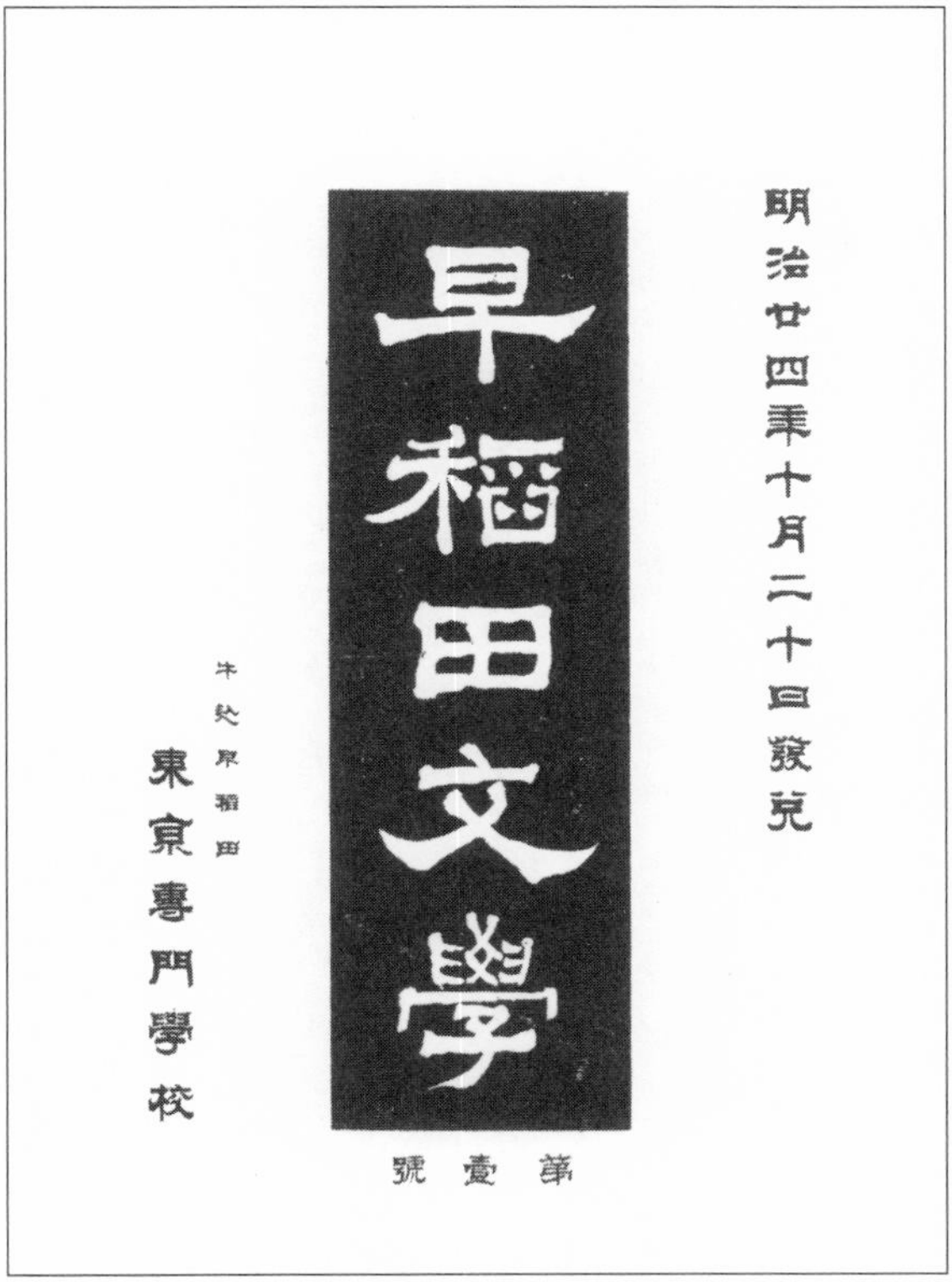

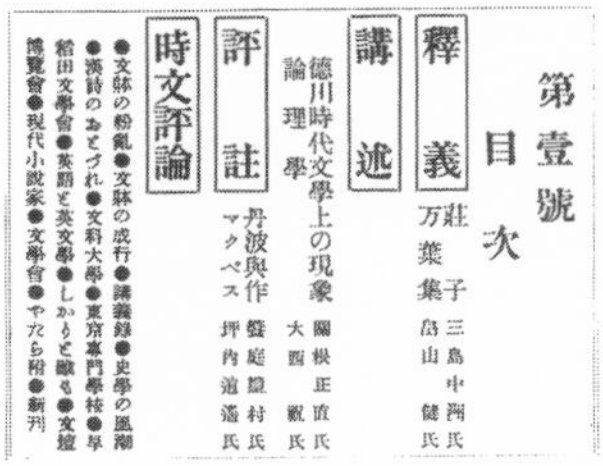
第壹號
目次

釋義
莊子 三島中洲氏
万葉集 畠山健氏

講述
徳川時代文學上の現象 關根正直氏
論理學 大西祝氏

評註
丹波與作 饗庭篁村氏
マクベス 坪内逍遙氏

時文評論
●文林の紛亂●文林の成行●講義録●史學の風潮●漢詩のおとづれ●文科大學●東京専門學校●早稻田文學會●英語と英文學●しかりと雖も●文壇博覧會●現代小説家●文學會●やたら附●新刊

図版7　『早稲田文学』創刊号、表紙と目次

条から成り、その第一はいわば雑誌の理念である。「明治文学全体に関したる専門の文学雑誌」の初めてのものとなることをうたい、誌名は『エヂンバラ批評』『ウエストミンスタル批評』等の例に倣ったと言う。それぞれ発行されている土地の名を冠したこの二誌は、当時の英国で互いに論争を重ねつつ発展していたので、それに倣って「早稲田」の地名を誌名としたという意味だろう。

続いて雑誌の内容を語る。まず、『早稲田文学』は、「我文学をして円満ならしむべき第一の方便は、和漢洋三文学の調和にあるべきを信ずるが故に、東西古今を問はず文学の精華を選抜して釈義評註し、三文学参照の便に供す」と言う。「和漢洋三文学の調和」ということは、文学科開設に当たっての逍遙の基本的学科理念でもあった（『百年史』第一巻第三章「文学科の誕生」四「和・漢・洋三文学の調和」の項参照）。しかしこの三つの「調和」とはどういうことで、どうすれば実現することなのか。そういう根本的な問題を逍遙がじっくり論じた形跡を私は知らない。逍遙としては、その三つを自分がある程度まで体得している思いがあり、例の田舎育ちの大まかさで、三文学の「精華」の「釈義評註」をすること、あるいは学ぶことでそれは実現すると思っていたのであろう。しかしこの大まかさがあって、学生はかなり自分本位に文学を学ぶことができたに違いない。創刊号では、三島中洲が『荘子』を、畠山健（皇典講究所で学び、教えた国文学者で、逍遙邸に宿泊したこともある）が『万葉集』を「釈義」し、饗庭篁村が浄瑠璃『丹波興作』の、逍遙本人がシェークスピヤ『マクベス』の「評註」を受け持っている。

発行主意の第二は、「『講述』の欄を設けて文学に関係ある科学の講義をかゝげ」ていること。つまりこの雑誌は東京専門学校の講義録の用も兼ねていた——と言うより、それあってこの雑誌は売れたとも思われるのである。創刊号では関根正直（国文学者。逍遙は正直の父に江戸文学について教えを請うて以来、交友関係にあった）の「徳川時代文学上の現象」、大西祝の「論理学」を掲載している。

第三は、「時文評論」の欄を設けたことで、「明治文学に関係ある百般の事実を報道し、且《かつ》至公至平なる評論を加へ」ると言う。つまり文芸雑誌の文芸雑誌たる実質はここにあるわけで、先の「釈義」「評註」「講述」の三欄で四十頁ほどであるのに対して、この「時文評論」欄だけで残り三十頁を占めている。一見雑報欄ふうだが「文学」的関心を持つ者にはこれが一番読みでがあったとも言えよう。無署名の記事の集まりだが、明らかに逍遙自身が力を込めて書いた記事も多い。

創刊号について言うと、この欄冒頭の「文体の紛乱」「文体の成行」の二つの項（これだけで十頁を費やす）は、後の逍遙の文集『文学その折々』（明治二九年）に——その劈頭に——再録されているので、逍遙が力を込めて書いたものと分かる。これからの文体はどうある（べき）かということは当時の文学者の最大の関心事であり、とりわけ逍遙は言文一致体模索の先頭にいた人なので、このような「文体」分類や諸説の紹介に彼が力をつくしていたことはよく分かる。

また「英語と英文学」「官立学校の英語試験」の項も、『文学その折々』に再録されている。前者は、英語を教えるためには教科書として『ナショナル』『ユニオン』といった読本がふさわしいが、英文学を教えることを主とするなら違うとして、次のように述べる。

若し英文学を教ふるを主とせば、宜しく霊活なる詩眼を開きてシェークスピヤ、ベーコン、アヂソン、読むに随うて含味し分析し解釈し批評し、或はエリザベス文学の全豹《ぜんぴょう》〔全貌〕を論じ、或はアン時代の特質を弁じ、古今文学の相違を説き、東西理想の異同を議し、文外の隠微を発揮すべし。文学を講ずるに当りては一字一句の解は未なるべきなり。

「英文学」（古典）の授業と「英語」の授業とでは、それにふさわしい教科書も違うが、授業のあり方も違うと言って、シェークスピヤ、ミルトンを講じる時は、「霊活なる詩眼」をもってその文学を理解し味わい、かつ大所高所からの議論があるべきで、「一字一句の解」は二の次でよい、と言うのである。この最後の一文は、語学的精密さの軽視とも取られかねない主張で、自分では語学的精密さを重んじる仕事をしていた彼の本意とは思えない。しかしこれと似た言辞を逍遙は何度かくり返しており、授業中などでもそういう姿勢を示すことがあったのではなかろうか。後からまた述べることになると思うが、語学的精密さを重んじない姿勢が彼の弟子の間にひろまり、ついには彼自身の学問を語学的に精密に検討、評価してもらえないという情ない事態まで生じたのではないか。ともあれここで逍遙の強調したかったのは、「古今文学の相違」とか「東西理想の異同」とかを議するといったような、大きな視野での「文学」理解の努力の必要であった。その強調のあまりに、つい「語学」の面を等閑視するような失言をしてしまったもの、と私は受け止めたい。

ここでまたちょっと脇にそれて付言しておくと、逍遙はすでに明治二四年、東京専門学校での講義で、ニュージーランドのオークランド大学教授H・M・ポズネットの*Comparative Literature*（一八八六年）なる本をもとにし、「比照文学」と題して文学と社会との関係、文学の国際関係などを視野に収める文学研究を説いていたという。柳富子氏執筆の「比較文学研究室の歴史」（前出『早稲田大学文学部百年史』所収）は、こういう講義やその他さまざまな業績から、逍遙を早稲田の「巨視的・総合的な学問的見地重視の根強い伝統」の創始者と見なしている。私なんぞは、たかが「英語と英文学」の教科書を語った短い文章にふと出てくる「東西理想の異同」といったような大きな視野の強調ぶりに、逍遙の学問の闊達さが本物だったことを感じる。彼自身のシェークスピヤ評註の仕事もそれを目指していたに違いない。

「時文評論」に戻ると、以上のほか、『文学その折々』への再録がなく、逍遙の文章かどうか分からぬが興味深い項もいくつかある。そのうちの一つだけ紹介しておくと、「我専門学校文学科」の項は、「我専門学校文学科は和漢洋三文学の長処を抜きて調和統一し以て明治（我エリザベス時代の）文学を作《おこ》さむことを目的とするものなり」と、ほとんど奇想に近い学問的大志をぶち上げた後、「平生我校の特色なりとして少しく自負する所のものは支那院本の科と俗文の科とを加へたること是也」と述べている。院本とは演劇の脚本、日本で言えば浄瑠璃本などのことで、本学科ではそういう「真の平民文学」も重んじると言うのだ。この「俗」性の強調があって、日本の現代文学（明治文学）を聖俗合わせて隆盛したエリザベス朝文学に擬する姿勢も生まれたわけだが、この大らかな「俗」主義はそのまま早稲田の文学科の特性となったとも言えそうだ。

『早稲田文学』は坪内逍遙を主幹として刊行され、明治二六年一〇月から発行所を坪内逍遙方の早稲田文学社に移し、二〇年一〇月からは月一回発行としたが、三一年一〇月、創刊以来七年をもって休刊した。この間に、講義録の要素は退き、文芸雑誌の特性が強まったことは言うまでもない。二七年九月からは小説も掲載している。そして約八か年の休刊の後、明治三九年一月、欧州留学から帰国した島村抱月の手で復刊され、約二十二年続いて、昭和二年一二月に休刊した。このいわゆる第二次『早稲田文学』が自然主義の牙城ともなって文壇に大きな地位を占めたことは、周知の通りだ。が、これ以後の『早稲田文学』の動きは、本書のテーマの外になる。英文学者坪内逍遙に的を絞る限り、最も重要なのは第一期である。

それも、創刊号に逍遙が寄せた「時文評論」の文、および「シェークスピヤ脚本評註」がもとになって、森鴎外とのいわゆる「没理想論争」が起こり、『早稲田文学』が文芸中心の雑誌に変身していく大きな刺激になったと思われる。と同時に、逍遙中心に見る時、この論争は彼の学問の核につながる性格のものであったこと間違いない。すでにさんざん紹介され論じられてきた論争ではあるが、逍遙の学問に関係する側面からいささかの検討を加える試みをしてみたい。

第七章

没理想論争

　先に名をあげた『早稲田文学』創刊号に掲載の論文「シェークスピヤ脚本評註」の「緒言」で、坪内逍遙は「シェークスピヤは空前絶後の大詩人ならん。其《その》造化〔宇宙、自然〕に似て際涯無く、其《その》大洋に似て広く深く、其《その》底知らぬ湖の如く、普《あまね》く衆理想を容るゝ所は、想らく空前絶後なるべし」と説いたのだが、この「衆理想を容るゝ所」をさらに説明して、シェークスピヤについては「只其《ただその》理想をほめて強いて高しといふは信《うけ》がたし。むしろ其《その》没理想なるをたゝふべし」と述べた。シェークスピヤは作中に自ら理想を説くよりも、それを内に没して、見る人の心に応じて現れる、と言うのである。さらに逍遙は、詩劇はそれにふさわしい芸術形態であると言う。「恐らくはシェークスピヤと雖《いえど》も、若し散文にて悲劇を綴らば、悉《ことごと》しくいへば小説の体にて綴りしならば、幾段か値段を下せしなるべし。其《その》叙事の中におのが理想のあらはるゝことを避けがたかるべきが故なり」云々。登場人物の会話によって内容が進み、作者が自分の言葉で説明を加えない芝居という芸術形態によって、シェークスピヤの没理想はますます見事に深みのあるものになったというわけだ。

すると、これに対して森鷗外が、彼の出していた雑誌『しがらみ草紙』（同年一二月）に「早稲田文学の没理想」なる、逍遙の文章にほぼ一・五倍するほどの記事を寄せ、批判の矢を放ってきたのである。

森鷗外（本名、森林太郎）は文久二年（一八六二年）一月、逍遙より二年半ほど遅れて、石見国（島根県）津和野の藩主ご典医の長男として生まれた。東京からの距離で言えば、逍遙以上の「田舎者」の筈だが、幼時から俊秀をうたわれ、藩校で漢学を、父から蘭学を学び、明治五年、旧藩主に随う父に伴われて上京、進文学舎に入ってドイツ語を学び、明治七年、第一大学区医学校（つまり明治一〇年からの東京大学医学部）の予科に入学した。時に（満）十二歳で、年齢不足のため生年をごまかし、二歳を加えて認められたという。とても「田舎育ち」の口実でのんびりしていることはできなかった。明治一四年、東京大学医学部を卒業、一七年、陸軍省派遣でドイツに留学した。鷗外には生涯、「国」とか「官」とかがついてまわったような感じがあるが、軍隊のための衛生学研究を進めながら、当時のヨーロッパ文学を読み耽ったらしい。約四年後の明治二一年九月に帰国したが、その時、やがて小説「舞姫」（『国民之友』二三年一月）のテーマとなる愛人エリスを捨ててくるという話も――真相や当事者の真情は別として――逍遙の自分を貫いた結婚と対照をなす。帰国後、陸軍医学校兼陸軍大学校の教官をしながら、ヨーロッパで仕入れた西洋文学の知識・見識をぞくぞくと発表、明治二二年八月には、新声社（S・S・S）と名づけた同好の仲間との共同翻訳詩集『於母影』を『国民之友』夏季付録に発表、その稿料をもとにして同年一〇月、雑誌『しがらみ草紙』を創刊した。『しがらみ草紙』は東京下谷の森鷗外の私宅を発行所とし、発行母体は新声社となっている。『於母影』を出した時の有様から言うと、新声社の中心はもちろん森鷗外（二十七歳）、たぶんその脇役のようにしていたのが国文学者の落合直文（同じく二十七歳）、そのほか帝国大学に関係していた若き学者の市村瓚次郎、井上通泰、および鷗外の妹の小金井喜美子（最若年で十八歳）が加わっていた。ごく自然に、『しがらみ草紙』は鷗外の個人雑誌の観があった（学校という組織の雑誌の観があった『早稲田文学』とは、この点でも対照的である）。

さて『しがらみ草紙』は、創刊号で言って本文四十四頁で、『早稲田文学』よりいささか薄かったが、表紙に「文学／評論」と大書、明記し、創刊号に掲載の「柵草紙の本領を論ず」でも述べるように、「評論」をその本領としていた。それも、具体的には西洋の詩学に基づく精密な批評を目指していた。鷗外は、（ここでは）逍遙の『小説神髄』、半峯の『美辞学』（明治二二年刊、西洋の修辞学を援用しながら、本邦最初の本格的な修辞学を展開）が、その種の仕事の先駆となったことを認めた上で、こう言うのである――「今の詩文を言はんと欲するものは、邦人の歌論と支那人の詩論文則とにのみ拠るべきにあらず。西欧文学者が審美学の基址《き》の上に築き起したる詩学を以て準縄《じゆんじよう》となすことの止むべからざるを知ればなり。」

鷗外のこの「評論」の精神は、ただ、彼の帰国直後、文学活動開始早々ということもあって、きわどいあらわれ方をした。これよりほんの半年ほど前の『女学雑誌』（明治二二年四月）に、主幹の巖本善治が（「しのぶ」の名で）「文学と自然」なる短い文章を寄せた。その要点は、彼自身によって次のように示されていた。

最大の文学は自然の儘《まま》に自然を写し得たるもの也。

極美の美術なるものは決して不徳と伴ふことを得ず。

これに対して鴎外は『国民之友』（二二年五月）に、「「文学ト自然」ヲ読ム」を寄せて噛みつくのである。まず、ここに言う「文学」の概念が茫漠としすぎていること、次に、論者（巌本）は「最大の文学」と「極美の美術」を対にしているが、前者は範囲の広大を言うのに対して後者は美術に特有の性質を言う語を用いていて、実は対をなさない——と言った風のことから論じ始めて、「自然の儘」とはいかなることかなどなど、言葉のはしばしにまでからんでいく。鴎外の見事な理解者であった小堀桂一郎氏ですら、「鴎外の攻撃は整然としているが、同時に因循とも感じさせるほど執拗なものだ」（『若き日の森鴎外』一九六九年）と言うほどに、徹底的な論難ぶりである。

鴎外にとって、文学・詩歌は「美」を目指すものであり、それは人が抱く「理想」を基にして構築されるものであった。「自然」などという漠然たる概念によって生まれるものではなかった。しかし巌本善治とすれば、ほとんど宗教的とも言える自分の信念のようなもの、あるいはエマソンに習った世界観のようなものの、文学的・芸術的なあらわれ方を、一種の祈りのように述べただけのことであろう。鴎外からの批判に対して彼がどういう反応を示したかを私は具体的に閲《けみ》していないが、ただ呆れるばかりだったに違いない。そして正直、不意にうしろからぶんなぐられたようには思ったとしても、深いところでの痛痒は感じなかったのではなかろうか。

だが「評論」をこそ雑誌の旗印にかかげた鴎外は、その力を内外に示す機会を虎視眈々とうかがっていた。その前に現れた格好の餌食が、『早稲田文学』創刊号の逍遥の論なのである。大物だ。しかもシェークスピヤを論じるのに「自然」を持ち出し、シェークスピヤを「造化」にたとえ、「大洋」とか「底知らぬ湖」などと呼んでいる。鴎外としては、うしろからではなく正面からなぐりつけるような快感を覚えて、いどみかかったことだろう。

前哨戦とも言うべき論争もあったのだが、それはここでは省くこととする。「『早稲田文学』の没理想」で、鴎外はまず、逍遥が『早稲田文学』に「時文評論」欄を設け、「事実を報道し、且《かつ》至公至平なる評論を加へ」ると述べたことを取り上げて、逍遥子は「理」よりも「実」を重んじ「記実家」となったと断じ、皮肉たっぷりにその没理想論を紹介した後、記実に慊《あきた》らぬ「烏有先生」（仮空の人物の意味）なる「談理家」を持ち出し、「物に逢ひて美を感じ、物を造りて美をなす」ことこそが評論、創作の世界だ、しかもその美を単に記実するだけでなく、「美の義《こころ》を砕いて理に入る《ダス・ロオギッシェ》」ことが理解するということであり、ここに談理の必要が生じる、と審美学の出発点、つまり烏有先生の立脚点を述べ、「世界はひとり実《レアル》なるのみならず、また想《イデエ》のみちくたるあり」と主張する。

鴎外はまた、作者の理想が直接的にあらわされない戯曲に長じていたからこそ、シェークスピヤは偉大であったということを逍遙が述べたのをとらえて、では叙情詩によったバイロンや、小説によったスウイフトは小であったかと問いかけ、「実は戯曲にも、叙情詩若しくは小説にも、作者の理想、作者の極致はあらはるゝなり」と説き、「逍遙子が実を記するはよしと雖《いえども》、その記実によりて談理を廃せむとするはあしかりなん」と主張する。まことに理路整然として、説得力があるように見える。

これに対して逍遙は『早稲田文学』七号（明治二五年一月）に「烏有先生に謝す」を寄せ、自分は別に実と理との優劣を断定などしていない、「そが没理想とは即ち有大理想の謂にして、そが没理想を唱ふるはその大理想を求めかねたる絶体絶命の方便なり」と歯切れの悪い弁明をし、翌号（八号）の同誌には「没理想の語義を弁ず」を寄せて、「没理想」とは「没却理想」すなわち「不見理想」のこと、つまり一理想に固執するのではなく「古今の万理想を容れて余《あまり》ある」状態だということを、懸命に述べる。彼はさらに同誌上に「烏有先生に答ふ」（九号、十号）を書き続け、鴎外の言う「談理」の主張に対し、自分は記実を先にし談理は後にすべしと言ったが、談理を斥くべしと言ったことはない、またバイロン、スウイフトの作がその度量においてシェークスピヤの作に劣るという意味のことは述べたが、「詩人としての優劣此点《この》にありといふ意味のことは未だ曽ていひしことなし」と述べ、「熟々《つらつら》思ふに先生は積極にしてわれは消極なり、先生は有也われは無也」といったたぐいの文章で結んだ。

鴎外は早稲田に出講してもらっている人でもあり、逍遙としては辞を低くして論じている感じだが、鴎外はそれで筆を収めはしなかった。それどころか『しがらみ草紙』（明治二五年三月）に「早稲田文学の没却理想」、さらにそれを受け継ぐ形の長大な「逍遙子と烏有先生」を発表して、これでもか、これでもかと切りかかった。それまでは逍遥が議論の中であげた作家・作品を自分もあげて論じていたのが、これよりライプニッツとかヘエゲルとかショオペンハウエルとか、自分の得意とする哲学者の名をあげたり言を引いたりしながら論じ出し、「逍遙子と烏有先生」では、烏有先生とは実はエヅワルト・フオン・ハルトマンという人物であったとし、公然とその著作『審美学』に拠って論を張る。逍遙子の没理想論は結局、造化無理想、詩文無理想の論なのに対して、ハルトマンは二者皆有理想を説くものだとして、その内容を説き来たり説き去るといったふうなのである。その間に逍遥の論の矛盾、用語の不適切、混乱を剔出し、皮肉りもする。ただ論がひろがった割には、中身は案外希薄なような気が私にはする。

神田孝夫氏の「森鴎外とE・V・ハルトマン」（『島田謹二教授還暦記念論文集・比較文学比較文化』一九六一年）によると、鴎外がハルトマンの*Ästhetic*全二巻（一八八六―八七年）を手に入れたのは明治二三年（一八九〇年）頃だった。彼はこれによって、従来拠っていたゴットシャルの『詩学』などより一層深く「一元論的な美の形而上学」をつかみ得たように思ったらしく、ますますその所説をふりかざしたのではあるまいか。

おまけにこの時、森鴎外もまだ三十一、二歳の青年である。せっかく仕入れた西洋の文学・芸術理論は、懸命になって利用した。あの二葉亭四迷のベリンスキーへの依拠を思い出させる。いやそれは、現代の日本の英米文学の学界における批評理論信奉の流行（本書六三頁参照）につながる現象でもある。鴎外によるハルトマン美学の駆使は、逍遥の論の不備を衝くのには効あったかもしれぬ。が、そのことに精力を注いだ余りに、彼は自分の文学論を説くことを二の次にしてしまった観があるように、私には思える。

逍遥はこの頃から鴎外に直接答えるよりも、むしろ戦記仕立ての戯文で応じることを選んだようだ。「小羊子が白日夢《ひるのゆめ》」（『早稲田文学』二五年二月）で始まり、「小羊子が矢ぶみ」（同二五年四月）でもって論戦を終えた感じであり、『逍遥選集』では「『早稲田文学』が谷《やつ》「時文評論」村の縁起」という総題のもとにまとめられている。鴎外の方は「早稲田文学の後没理想」（『しがらみ草紙』二五年六月）で、なおいちいち反論を加えた上で、筆を収めた。

この「論争」において鴎外の姿勢は、終始、あの「文学と自然」に対する論難の時と同じく、「整然」としているが「因循とも感じさせるほど執拗なもの」だった。それに対して逍遥の方は、終始、守勢の観があったことは否めない。後の評者たちの意見も、大体において逍遥が劣勢であったと認めているようだ。早稲田の人たちも、それを心中認めながら、さまざまな表現で糊塗しているように見える。その極みと言えそうなのが『早稲田大学百年史』の叙述で、逍遥の「没理想」の態度を「今で言えば客観的、現実的批評態度のことである」とし、それに対して鴎外は「その頃ヨーロッパに流行のハルトマンの美学にかぶれていた」ので（傍点、亀井）、そのハルトマンの「理想的立場」をとって「食ってかかった」と述べる。そして「坪内も五分の戦いはできなかった……。数年ドイツで思いのままに蘊蓄した鴎外に対し、洋書の輸入も限られていた早い頃、葦の髄から天をのぞくようにして集めた坪内の知識とでは、程度の差が大きい」と言うのである。

鷗外はハルトマンの『無意識の哲学』には早くから多くを学んでいたようだが、『審美論』をまさにこの論争の最中に懸命に読んでいたらしいことは、今しがた述べた通りである。いずれにしろ、この論争で重要な役割を演じたのは、ヨーロッパの文学・思想についての知識の大小などではない。論の展開そのものに、逍遙の方が守勢となるべき必然があった――そしてその展開の仕方は、逍遙自身に何ら責任はなかったのである。

この論争は、前哨戦的なものを別とすれば、『早稲田文学』創刊号に載った逍遙の論文「シェークスピヤ脚本評註」が出発点になったのだが、この論文は、『文学その折々』や『逍遙選集』に収録された時のタイトル「『マクベス評釈』の緒言」とか、それに引きずられたタイトル「シェークスピヤ脚本評註緒言」の名で呼ばれることが多い。すでにここに問題がひそんでいる。「シェークスピヤ脚本評註」は、これから何号かこの雑誌に連載される筈の記事だった。創刊号に載ったのはその序文にほかならないので、本文の冒頭に「緒言」と付けただけのことである。そして、よく読めば分かるのだが、明かに学生(あるいは一般読者)を対象にして、まずシェークスピヤの大ざっぱな入門を述べ(「本誌の主旨はシェークスピヤの本体のあらましを普く邦人に知らせせんといふにあれば……」)、それから彼の作品の読み方を述べたものにほかならない。「英語を知らぬ人」の読み方の参考になるものに評釈があるが、評釈にも二法ある、と彼は言う。「只有の儘に字義語格等を評釈して修辞上に及ぶ」ものと、「作者の本意若くは作に見えたる理想を発揮して批判評釈する」ものとがそれだが、後者の方法、すなわち「インタルプリテーション」は、「若し見識高き人の手に成れる時は読みて頗《すこぶ》る感深く益もあるべけれど、識卑《ひく》き人の手に成れる時は徒《いたずら》に猫を解釈して虎の如く言做《いいな》し、迂闊《うかつ》なる読者をしてあらぬ誤解に陥らしむる恐あり」、ましてやシェークスピヤの作は「甚だ自然に似たり」て、いろんな解釈を可能にするので、このたびの評註では自分は「主として打見たる儘の趣を描写することを力《つと》め、我一了見の解釈をば加へざるべし」と言うのである。

こうして、自分の評註の方針を述べただけの文章に、いきなりその使用語句からシェークスピヤについての考え方までをこまかく吟味、批判されて、逍遙としてはあの「自然と文学」の筆者同様、うしろからぶんなぐられたような気がしたに違いない。が、逍遙は丁寧に対応し、自分の真意を述べるの挙に出た。それで、明治文学史上の大論争になり、逍遙としては、事の成り行き上、いわば弁疏に終始することになってしまったのである。

後の評者たちの間では、この論争は逍遙のイギリス的経験主義、帰納的批評の主張と、鴎外のドイツ観念論的、演繹的批評の主張との対立であった、というようなことがよく言われる。確かに、結果的にはそういう面が浮き出たかも知れぬ。が、鴎外はともかく逍遙の方には、そんな立派な（あるいは明確な）主張は、少くとも初めのうちはなかった。なにしろこちらはシェークスピヤの評註という具体的な作業の自分流の仕方を（学生に）説明しようとしただけなのである。鴎外のように「評論」の旗を上げようなどという気は露さらない。

しかも逍遙にとって極めて残念であったのは、この論争で出ばなをくじかれたためか、「シェークスピヤ脚本評註」の仕事が十分に発展しないで終わったことである。確かに『早稲田文学』を一号休んで、第三号から「マクベス評註」（明治二六年五月まで）の連載はしたが、創刊号の「時文評論」中で、英文学の授業には必要と述べた「古今東西の相異」や「東西理想の異同」などを視野に入れて、シェークスピヤの諸作品を、「没理想」的客観性を重んじながら評註したならば、間違いなく「英文学者」坪内逍遙の大きな存在証明となった筈の仕事が、ついに実現しないで終わってしまったのである。

　この論争に関係して、もう一つ、逍遙を擁護しておきたい問題が私にはある。鴎外はその理論の精密さによって、逍遙の理論がかかえ込んだ矛盾を衝いたり皮肉ったりしていたが、後の評者たちもしばしば鴎外におぶさるようにして逍遙の論の矛盾を指摘する。その大きな論点が、逍遙は『小説神髄』で、小説が演劇よりも「人智いま一層進むに至」って発達したもので、演劇の範囲よりも「広く時世《ときよ》々の情態をば細大となく写しいだしてほと〱遺憾を感ぜざらしむ」と述べていたのに、今度の没理想論では小説を演劇の下におくかのように、小説は作者の思いを――つまり小理想を――そのまま作品の中に表現しうるものである故に、「恐らくはシェークスピヤと雖も若し散文にて悲劇を綴らば、悉《ことごと》しくいへば小説の体にて綴りしならば、幾段か値段を下せしなるべし」などと述べている点で、その間の矛盾が厳しく批判されるのである。

　しかしながら、『小説神髄』の頃、逍遙が同時代の大部分の知識人と同じく社会進化論を単純に信じ（東京大学が社会進化論の牙城であったことも考慮に入れなければならない）、そのあまりに、文学ジャンルとしての演劇から小説へといった「進化」を当然視するようなところがあったことは事実としても、数年の間にそんな視点を脱け出し、シェークスピヤの研究を進めるとともに演劇の特質に視線を注ぎ、その理解にのっとった議論をするのも極めて自然であった。つまり逍遙は、その時点、時点で、研究対象と真っ向から取り組み、それぞれの時点の理解を生かしているだけなのだ。小賢しい理論家は矛盾を指摘して鬼の首でも取ったような気分になりがちだが、それに対してアメリカ詩人のウォルト・ホイットマンが放った有名な詩句がある（生涯の大作「わたし自身の歌」の結び近く）。

わたしが矛盾しているというのか、
よろしい、それならわたしは矛盾している、
（わたしは大きい、わたしは多くのものを含むのだ。）

没理想論争は、当事者の熱心さと、『早稲田文学』『しがらみ草紙』がそのためにさいた誌面の多さにもかかわらず、文壇の反響は乏しく、文学的影響といったものもあまりなかったとされる。逍遙の追憶によると、この論争に誌面を多くさいたため、『早稲田文学』は「売れ高が一挙に著しく減った」という。しかし、この論争を経過して、『早稲田文学』は文芸誌としての内容を大きくひろげた。その特質を要約すると、「記実主義の拡大強化と、海外文学の移入と、当代文学への注意」の三点が目立つようだ（河竹・柳田『坪内逍遙』）。この特質は、早稲田の「文学科」についても、そっくり当て

はまりそうな気がする。

逍遙個人についても、注視を深めなければならない。彼は「評論」の筆をふるいたい鴎外につき合わされ、苦労させられたけれども、彼の英文学研究の基本姿勢は、いささかもゆらがなかったのではないか。むしろ論争を通して、その姿勢におおらかさを増したようにも思える。論の赴くところ、「没理想とは平等理想といふに同じ。我れは理想の中に就いて、其差別相を棄て、平等の理を探らんとするなり」とか、「相の差別に泥《なず》まざるもの、天上天下何れの処にか敵を作らん、万理想の平等なる所は皆我友なればなり」と言い出すのである。これまた彼の「文学科」指導の方針に幅を加えることになった、というより早稲田の「英文科」の最も重大な特色につながっていったように私には思える。

第八章

早稲田の坪内博士

没理想論争の実質とかその影響の中身とかはどうあろうと（思いのほか小さなものであったかもしれないが）、日本の文学界における「早稲田の文科」（こういう言葉が流布したらしい）の存在感は今や確固たるものがあり、隆々発展の様相もあった。そしてその中心に坪内逍遙がおり、和漢洋の三文学の調和という逍遙の理念があった。東京専門学校「文学科」そのものも、開設三年たった明治二六年には第一回卒業生二十八名を送り出している。もちろん単純な比較はできないのであるが、はるかに大きな組織で国家的事業だったはずの帝国大学文科大学（文学部）の卒業生が、開設四年目の明治二三年で五名、二六年まで来ても十九名（夏目漱石もその中の一人）であったことを思うと、たいへんな違いである。逍遙はこの明治二六年で言ってまだ三十四歳の若さだが、文壇ではすでに重鎮的な存在になっていた。そして二九年、東京専門学校が「学部主任講師」制度を設けると、逍遙は当然のごとく文学部の初代主任講師に任ぜられた。

ところがこの同じ明治二九年に、東京専門学校附属として早稲田中学校を設立することになり、校長に大隈英麿、教頭に坪内逍遥を当てることが決まったのである。大隈の校長はほとんど名前だけで、教頭の方が中学校の事実上の中心者であり、中学教育に経験などまったくなかった逍遥にはたいへんな迷惑であったに違いない。だが大学時代の仲間だった高田早苗や市島謙吉が日頃専門学校の運営に尽力している有様を見ているので、「何となく済まない気がして、不束《ふつつか》ながら乗り出した」（河竹・柳田『坪内逍遥』）という。

しかし、いったん引き受けると逍遥は全力でその任に当たり、しかもそこ（中学）における倫理修身の指導に重点を定めると、その方面の活動にも献身していった。加えて、創立六年目の明治三五年には、大隈英麿に止むを得ない事情が生じて、逍遥が校長に就任することとなった。彼は誠心誠意この任に当たったが、ついに健康を害し、神経障害を生じるまでになり、翌三六年一一月二日、尾崎紅葉の葬儀に列して脳貧血により卒倒するという事態になった。こうして同年一二月、ようやく中学校長の職から解放された。が、倫理思想、実践倫理、その発展としての社会教育の推進、小学校や中学校の教科書編纂、といったようなことは、逍遥は次々と行なっていくのである。これは「田舎育ち」ということだけでは説明がつかない。逍遥にはもともとこういう方面に向かう本性のようなものがあったのだろうか。

この間、明治三一年、逍遥四十歳の時、博士会の推薦によって彼は文学博士の学位を授与された。当時、授与権者は文部大臣になっており、帝国大学評議会を経て授与が決まるものだったから、帝

図版８　逍遙の講演風景。身を乗り出して語る講師、年輩の聴衆、その熱心な表情。（F73-01149「講演風景」早稲田大学演劇博物館所蔵）

国大学のライバル的な位置にある学校の当事者としては、ひときわ誇らしいものであったと思われる。

逍遙自身がこれをどう受け止めたかは別として、早稲田の人たちが後々まで逍遙を坪内博士と呼ぶこと多く、やがて「坪内博士記念演劇博物館」の呼称にまでつながっていった。（ただここで、冗談まじりにひとつ質問させていただけば、こういう正式呼称においてまで、「坪内博士」からなぜ「逍遙」の名が省かれてしまうのだろうか。ぶらぶら歩く、悠々自適といった意味の雅号は、私には「田舎育ち」と同じくこの人の好ましい特質をあらわしているように思えるのだが、早稲田の権威筋にはむしろこの人にとって邪魔になる名称と受け取られたのだろうか。）ともあれ、こういう形での学者たる彼への学内の尊崇は高まるばかりだった。

逍遙自身はもはや学内の役職を退け、「平教授」たることを選び、大正四年、五十七歳で自ら早稲田大学教授の職を退いたが、彼が名実ともに、「早稲田の文科」を代表する人物であることに変わりはなかった。

ただし逍遙は、すでに折にふれて見たように、一代の活動家であった。名声に満足して、田舎に閑居してしまうような人ではなかった。むしろ逆で、彼はたとえば講演活動なども熱心に行なった。東京専門学校の同僚たちと学校主催の巡回講演をするようなことも、よくあった。だが特筆しておきたいのは、こういう内外での名声をバックに、彼がさらに「演劇革新」の事業へと乗り出したことである。と言うより、大部の河竹・柳田『坪内逍遙』の後半の大部分は、この事業に打ち込む彼の姿を語ることに費やされているほどである（著者の一人、河竹繁俊は、まさにこの事業で逍遙の手足となって働いた人であり、逍遙の活動をさまざまな側面から語ることができた）。逍遙の活動は、単に演劇に関する評論や創作だけでなく、実際的な演劇活動を志す文芸協会にもひろがったり、さらにはたとえば「社会の芸術化」を目指すページェントの催しとか、「家庭の芸術化」を目指す児童劇の推進とかといったように、目まぐるしい展開をした。

中学校の教頭・校長職への献身から始まって、倫理思想、実践倫理の追求、さまざまな教科書編纂、そしてさらに文芸協会の組織や運営を含む精力的な演劇革新事業の推進、などなど、いわば純粋文学の外の彼の多方面な活動を目にするにつれて、私の（というか本書の）問題は、「英文学者」としての逍遙の存在が埋没してしまいそうな様相が浮かんでくることである。

本当は、そういうことはなかった。逍遙は本来の英語英文学者としての仕事を、孜々として（彼の超多忙な生活状況を考えれば、途方もない努力をもって）、英文学の作品や動向の紹介記事を書き、時には翻訳もし、評論もし、また精力的な出講もし続けていた（中学校教頭をしながら、東京専門学校文学科における授業は、シェークスピヤや英文学史の講義を含めて毎週二十時間以上に上っていたという）。しかしその有様を満遍なく追跡することに、もうあまり意義があるようには思えぬ。「英文学者」としての彼の比較的まとまった著作をいくつか取り上げて、その大要を見ていくことにしよう。

『早稲田文学』における「マクベス評註」の連載が終わりに近づいてきた明治二六年一月、逍遙はそれと並べて「美辞論稿」の連載を始め、同年九月まで十二回にわたって続けた（『早稲田文学』はこの年から逍遙が編集兼発行人となり、名実ともに同誌の責任者となったので、一層「文学」的な誌面の充実に努めたことのあらわれかもしれない）。『逍遙選集』中、逍遙が自ら編集した第十一巻に収められており、逍遙としても自ら認める力篇であった。が、これを正面から論じ解説してくれた文章に、私は出会っていない。自分がその任ではないとわきまえながら、私流の理解を語らざるをえない。

ここに言う「美辞」とは、文学的な行文《こうぶん》措辞のことであって、本論は「元来入門の初学者に美辞に関する大体の原理を知らしめんの意」をもって書かれたもの、つまり修辞法の入門である、と著者はまず断わる。修辞学といったような普遍的な科学とはなり得ていない、と言うわけだ。友人の高田半峯は明治二二年に『美辞学』という本を出版したが、あれは「纂訳を主とし述作を客［従］とした」もので、自分はその主客を逆に「大体の立論、定義、分類等はおほむね予が管見の沙汰に拠れり」と言っている。翻訳中心なら「学」たり得るが、自分の意見中心ではとてもそうはならぬ。では修辞「法」と言えるかと言うと、それもなかなかで、「予が修辞法に対する一私言と見られなば穏当なるべし」と得意の謙遜的言辞をなしている。が、さらに言葉を継いで、「予が美辞論の区域はいと広し」と言い、自分の論が「科学的精密を旨とせずして通俗ならんことを主」としたと述べる時、俄然この論文が活気を持って浮き出てくるのである。

ところで逍遙は、自分の論が「俗」なることをこのように強調しながらも、「審美学に密接」することを述べている。審美学と言えば、あの森鴎外がハルトマンの『審美学』に拠ってさかんに「談理」の主張をなしていたことは、まだわれわれの記憶に新しい。そして鴎外は明治二五年、慶應義塾の講師となって審美学を講じ、前後して東京専門学校文学科の講師に名を連ねると、やはり審美学を教えた。あの大西祝もまた、同じ頃、文学科で美学を講じている。明治二四年に文学科に第二回生として入った島村抱月は、どうやらこの鴎外に惹かれて文学科に入り、さらに大西祝の授業も受けて、自らも審美学の方へ突き進んでいったらしい（佐渡谷重信『抱月島村瀧太郎論』一九八〇年）。

審美学といい、美学といい、あるいは美辞学といい、若く有能な学者や学生がなぜこんな学問に積極的な関心を寄せたのか。日本近代が西洋文明を手本として学ぼうとした文明開化運動が大きく関係する。圧倒的な力をもって展開する西洋文明には、何かそれを可能にした思想というか、理論というかがあるに違いない、それを知り、学び取ることが日本の発展にとって不可欠であり、捷径でもある、というわけだった。社会進化論をほとんど国民こぞって信じたのは、これがまさに文明開化の理論だと思い込んだからにほかならない。文学の世界においても、西洋文学を近代にふさわしい「進化」した文学だと信じた若き文学者たちは、その背後にそれを可能にした、そしてそれを支える理論ないし思想があるはずだと思い込み、懸命にそれを探った。美学ないし審美学は、まさにそれを明かにする学問だった。

逍遥も没理想論争を通して、鴎外の祖述するハルトマンの審美学なるものにある種の理論的力を認めたに違いない。しかも文学者として、彼が具体的に最大の問題としていたことに、日本の近代文学にふさわしい言葉の探求があった。自分ではその探求の先端を行っているつもりが、二葉亭四迷のまさにベリンスキーの「理論」にのっとった「模写（写実）小説」論や、言文一致の文章によるその実践に衝撃を受け、自分より若輩の彼に兄事する姿勢までとったことはすでに述べた通りである。彼が美辞論に打ち込み、その考察において「審美学に密接」したのも、よく分かる話である。

こうして日本近代文学の出発の時期に大いにはやった美学の展開について、土方定一著『近代日本文学評論史』（一九三七年）は、「明治美学史考」の章を設けて、森鴎外のハルトマンに拠った理想主義的（浪漫主義的）美学から、開設そうそうの帝国大学で哲学と美学を学び、大西祝の推薦で東京専門学校の美学講師をした後、明治二九年から四年間ヨーロッパに留学し、帰国後帝国大学教授になった大塚保治（夏目漱石の帝国大学英文科講師就任を援助したことでも知られる）の心理的美学への展開を、くり返し語っている（土方はその教え子の一人）。大西祝も島村抱月も、この展開の中にほとんど主役の一人として登場させられている。ところが、当然それと並べて登場させられるべきと思われる坪内逍遥は、ほぼ完全に脇に押しやられてしまっている。ただ抱月に影響を与えた者として言及されるだけなのだ。逍遥の論考が本の形にまとめられなかったことが影響しているのではなかろうか。

逍遥の「美辞論稿」は「審美学に密接」したとは言いながら、二葉亭や鴎外や後の批評理論派の学者たちと違って、哲学的思考や、専門用語を連ねた理論に突っ走るよりも、まさに「通俗」的たろうとしていた。基本的に、「初学者」向けに文学表現のあり方を根本から考察し、解説してみせるのである。（こういうことも、理論派の土方などの軽視を招いた一因かもしれない。）しかも東京専門学校文学科の、そして『早稲田文学』のモットーである「和漢洋三文学の調和」を自ら実践しようとするかのように、和洋の古典はもとよりだが、中国の作文（文章作成）・文法（修辞法）指導書などからもおびただしい引用をなし、内容を展開していく。

その展開の有様は、あの『小説神髄』とよく似ている。言ってみれば概論風に、文章表現の諸相や諸問題点を、一つ一つ説き明かしていくのだ。まず第一章「文の源」では、人には智・情・意の三つの能力があり、その結果として「思」が生じ、それを言葉に表したのが「文」であり「章」である、といったことを説く。第二章「文の殊と通と」は、「文章」にも殊と通とあることを説く。「殊」とは、法令の文、いろんな専門の学問の文など、特殊な用をなす文であり、「通」とは、古今万国に普遍する（ことを目指す）文である。そしてこの通文が文学的な文章だ、と言う。

第三、四、五章は、「語の源」（言葉はどのようにして生まれて来たか、擬声語その他）、「文の形」（律語と散文の別など）、「文の三大門」（了解力《アンダースタンヂング》、情感《エモーション》、執意《ウィル》といった人の心の三つの門に応じて、文学的文章が智の文、情の文、意の文と三つの門に分かれるとし、そのそれぞれの特色を述べる）から成り、まさに文章入門の趣きになる。そして第六章以下は、智の文、情の文、意の文に分けて、それぞれの中身をさらにこまかく分けて説明していく。

試みに、情の文の中心的な所に位置する「詩歌」の項（第十章第三項）を見てみよう。もちろんそれも（中国の詩の場合）古詩、楽府、律絶、詩余［詞の別称］、（日本のうたの場合）短歌《みじかうた》、長歌《ながうた》、旋頭歌、今様、さらには俳句、狂句、謡曲、浄瑠璃、等々、（西洋のポエトリーの場合）リリック、エピック、ドラマチック、等々とさまざまに分かれるが、要するに「其の質が旨感《しかん》［胸の内の思い］の総合的表白たるに適《かな》ひ、其形に多少の律格を有する」ものを詩歌とし、その俯観を試みる。が、それだけではない。「近世の美学家はおほむねエピック、リリック、ドラマチックの三名目をもて詩歌全体の総名とす」として、前にもちょっとふれたポズネットの比較文学入門書『比照文学』に拠って、この三ジャンルが互いに関連しながら変遷してきた有様を語る。俯観した詩的世界に動きを入れて見せるわけだ。

しかも同時に、ここが重要なところだが、彼自身の意見も加えるようになる。例えばこうだ。詩歌の「律格」は七五調を用いたから生まれるといったものではない。「ユーヒユーイズム［エリザベス朝文人ジョン・リリーの美文体］若しくは曲亭調に至りては、全く放埒なる雑体にて、其の七五を用ふると用ひざるとは関係しない。それよりも（散文ではあっても）、「アヂソンが詞調の常に端然として粛整なる、マコーレーが行文の常に流暢にして声調の朗々たる、エマーソンが語気の簡にして勁なる、カーライルが辞と音と共に峻峭なる、要するに諸の特殊なる文致は殆ど悉く一種の律格といはざるを得ざるに至るべし」と、「英文学者」としての彼の見識を示している。

次の第十一章は「詩歌の三体」と称して、リリック、エピック、ドラマチックの三ジャンルをさらにこまかく論じるのだが、たとえば「客観の詩歌エピック・ポエトリー」を解説するのに、「によつぽりと秋の空なる富士の山」「行水のすてどころなし虫の声」(鬼貫)といった写景の句から説き始め、希の『イリヤッド』、伊の『イーニイド』〔『アエネーイス』〕、英の『失楽園』などにふれ、さらに浄瑠璃もまたドラマと言うより叙事詩と見るべきところが大きいと彼自身の見解をくりひろげるなど、情報豊富で然も読者に知的刺激を与える内容となっている。

以上で「詩歌」の項は終わり、第十二章は「華文」と題し、「情の文」のうち詩歌を除いたもの(つまり散文)を扱っている。小説とか散文劇とかの文章もこれに含まれる。

次いで第十三章は、情の文の「理想」を論じる。ここでは、常に具体的な論述をする逍遙としては珍しく抽象的な議論をしている。つまり詩歌は自然を模写するものか、あるいは自然を醇化(idealize)して表現すべきものか、といった問題が生じたとする。前者ならば、いわゆる写実派の姿勢となるが、『小説神髄』はその姿勢をあらわすという説に、私はすでに疑問を呈しておいた。逍遙はたしかに人情世態を写し出すことを小説の生命としたが、いざ具体的な文体論になると、彼の態度は慎重というか、徹底しえなかった。今度は文章論そのものである。ここで彼は、詩文に対する主観の姿勢(理想主義)と客観の姿勢(写実主義)との「平等」を主張する。極致(極上)の人は「其の根柢なる感想を無私にして（i. e. 拡充して）広く六合［宇宙］を包むに至らしめよ」と言うのである。「我が主観を没して他の客観に合するにはあらで、我が主観を拡充して洽《あまね》く客観を包むなり、こゝに平等いふは特《ひと》り根本の感想に就きていふのみ」云々。「平等」というのはどうやら「絶対」の境地のようなものらしい。「詩人の本分は差別の相のうちに平等の旨を観じ、至醇の相によりてそを描くに在り」。こうなると、まるでエマソンの超絶主義《トランセンデンタリズム》講義を聴くような気がする。

ところが、さて、「美辞論稿」はここで不意に中断してしまうのである。智の文、情の文に次いで当然なされるべきだったはずの意の文の分析や説明はなされておらず、これから語られて当然のレトリックについての具体的な解説も、まったくなされないで終わっている。雑誌の編集、あるいは経営上の都合でこうなったのだろうか。それは分からぬが、議論がついエマソン調になって、筆が進め難くなったことも一因としてあるのではなかろうか。逍遙はやはり「田舎育ち」らしく朴訥に、「俗」に徹して書き進むのがよかった。高遠そうに筋を通す哲学的な議論は苦手なのである。

『小説神髄』も「小説入門」的な面を多分に持つ本であったが、従来の日本の小説の勧善懲悪的な伝統を斥けて、小説に人情世態の描写を求めるという明確な主張があった。今度の「美辞論稿」の底辺にも、著者としては何か文章上の主張があったに違いない。明治三九年六月の『文章世界』で逍遙は「言文一致について」と題する談話をして、「誰が用ひても何に用ひても差支がないといふ体式といはうか、標本といはうか、言はば口語体の文章規範のやうなものが成立しないうちは、先づ無効《だめ》だらう」と述べているが、この論考はそういう文章規範のようなものを目指していたかもしれない。いずれにしても労作が中断し、本にまとめられることもなく終わったのは、たいそう残念なことであった。

この「美辞論稿」が未完とは言えその連載の終わりに近づいた頃、明治二六年五月から九月にかけて、逍遙は『早稲田文学』に「英文学史綱領」を連載した。東京専門学校文学科での講義をもとにしたものであろう。同誌五月号に「英文学史綱領を講述するにつきて」と題する短い文章を寄せているが、この記述で最も注目させられるのは、「史の比較知識」の必要の強調である。具体的には、「本朝の文学の史にのみ通じたる者は、動《やや》もすれば本朝の詩文に執着して、そを無上絶待《ママ》と見做し、偶々《たまたま》以て国文の発暢を限るの弊」がある、内外の文学を「対照比較し、無我無固の心をもて」文学に接することが望ましい、英文学史講述も、そういう姿勢を助けんがために努めたい、と言うのだ。

この「英文学史綱領」もまた、『早稲田文学』の都合で、ほんの一部の記述で終わってしまった。しかし逍遙はこの後も英文学史の講義、記述を進め、明治三四年、東京専門学校出版部蔵版として、また翌三五年、早稲田大学出版部発行の形で、菊判九百頁を越す大冊『英文学史』を刊行した。ようやく世に出た上古から近代までの英文学通史と言える。ただし、逍遙の英文学史講義にテーヌの『英文学史』(*Histoire de la littérature anglaise*, 3 vols., 1863. 英訳 *History of English Literature*, 1871)が役立てられている(らしい)ことはすでに指摘した通りだが、こんどは、古代は主としてストップフォード・ブルック、上代はテーヌに加えてエドマンド・ゴス、エドワード・ダウデン、一九世紀はジョージ・セインツベリーに拠ったという。

これより前、日本で「英文学史」を名乗った論文や著書は非常に乏しかったのではなかろうか。渋江保『英国文学史』（明治二四年）という本が博文館から出ていたが、これは矢野峰人先生の調査によると、ジョン・コリア著『英文学史』を祖述紹介したものらしい。逍遙の大著は画期的であったということになる。それだけに、いわば手ぐすね引いて待ち受ける勝負相手もいた。帝国大学英文科（選科）で学び、後に慶應義塾の英文学教授となる戸川秋骨（蒼梧桐）が、誤謬指摘的な書評を『帝国文学』（明治三四年一二月）に寄せたのである。ただし逍遙は、それを自著の再版に転載するという真摯な、あるいは洒落れた姿勢を示した。この大著があちこち誤謬を含むのは当然なことと言えた。むしろ残念なのは、講義も著述も早稲田での産物であるこの大著に、早稲田の教え子や後輩の反応が（私の管見に入る限り）極めて乏しいことである。その内容や表現の精密な検討は、まだこれからのことに属するようだ。

「英文学者」の多くがするもう一つ重要な仕事は、英語文学作品の評註である。逍遙も当然この仕事を重んじていた。私はここで、彼のこの方面の仕事にこそもっと注目したいと思う。これを正面から検討してみせた早稲田の人の論述に、私はまたもや出会っていないのである。

思い起こしていただきたい。『早稲田文学』の創刊号から「シェークスピヤ脚本評註」の連載を始めたことによっても、逍遙が評註の仕事を重んじていたことは明かである。ただこれが思いがけず没

図版９　逍遙の授業風景と思われる。聴講生の何人かは紋付きを着、真剣さをうかがわせる。（F73-00250「授業風景」早稲田大学演劇博物館所蔵）

理想論争を招いてしまったことの余波で、連載は「緒言」だけで中断したのだった。そして評註の実作である「マクベス評註」は、実のところ『マクベス』の詳細な逐語訳に若干の注解を付けたものであった。しかし『英文学史』を出した翌年、明治三五年に、彼は東京専門学校出版部から『英詩文評釈』を出すのである。菊判、本文六百頁近く、付録五十頁の大冊である。戯曲ではシェークスピヤ『マクベス』の一部、詩ではウィリアム・クーパー、ドライデン、ウァーヅワース、テニソン、散文ではベーコン、アヂソンのエッセイ類を取り上げている。逍遙の愛読した作家・作品に違いない。そして巻頭に「英文学教授者の心得」と題したかなり長い緒言（後に「英詩文の訓釈法に就いて」と改題）を付しているので、これを一瞥しておこう。

逍遙はまず、わが国における英文学教授法の三つの欠点として、①「訓読法の宜しきを得ざること」、②「教授者の鑑識の乏しきこと……くはしくは只管《ひたすら》字句の解にのみ泥《なず》みて、趣致と風調とを余所《よそ》にするの弊あること」、および③「教科書選択の無差別なること」をあげ、とくにこの②について、英語学と英文学の教授法はおのずから異なって、後者においては「英語の意を解するにのみとゞめずして其の風趣を領せざる［我物とせざる］べからず。及ぶべくば我が国文と対照して彼の詩文を玩味し、……能ふべくば響の音に応ずるが如く、影の物に随ふが如く、原趣を髣髴するをもて要とすべし」と説く。

これらの主張は、『早稲田文学』創刊号の「時文評論」欄における「英語と英文学」と題する記事で述べたことの延長線上にあるものと言えるが、その主張の一部であった「文学を講ずるに当つては一字一句の解は末なるべきなり」といった、私の言う「失言」に当たる部分は、いわばもっと入念に、一字一句といかに建設的に取り組むべきかといった内容に変更しているとも言えよう。

しかし問題は、逍遙が実際にどのような「評釈」をしたかである。「マクベス評註」の時のやり方に倣い、縦書きした原文の右に逐語訳を添えていき、必要に応じて解説を加える。現在読むと奇妙なやり方だが、実際に逍遙先生の授業（きわめて丁寧な講読だったに違いない）に出て聴講しているような気分になる。ただ、読者が（この評釈に助けられながら）自分で原作を読んで味わう気分には、なかなか導かれ難かったのではなかろうか。『逍遙選集』は『英詩文評釈』の大部分を省いてしまっているが、なおかつ（『英詩文訓釈』と改題の上）収録している——ということは、逍遙の自信作だったと言えるだろう――ヴァーヅワース（ワーズワス）作「呼子鳥に」（"To the Cuckoo"）の評釈を検討してみることにする。

最初にまずcuckooとはいかなる鳥か。支那でいう郭公とか、日本でいう杜鵑《ほととぎす》とかとはどうも違う鳥で、呼子鳥というのが当てはまりそうだ、といった考証をして見せる。それはそれで面白さを含むが、原詩の註解そのものはどうか。有名な冒頭の一連を見てみる。

あはれ　楽しげなる新客よ　我れ　（曽て）　聞きつ
O blithe New-comer! I have heard,
（今も）　聞きてよろこぶ
I hear thee and rejoice.
あはれ　呼子鳥　汝れをしも鳥とや呼ぶべき
O Cuckoo! shall I call thee Bird,
はた　只　さまよへる声音とや（呼ぶべき）
Or but a wandering Voice?

こういった風に逐語訳して見せ、訳文を詩として読めるように整理し直した後、逍遙独自の感想やら解説やらをくりひろげて見せる。価値ある評釈に違いない。ただ問題も残るのである。一行目で、Cuckooを New-comer と呼んでいることの意味は何か。その一行目から二行目にかけて、I have heard, I hear と、同じ言葉を現在完了形と現在形とでくり返しているのは、どうしてか。逍遙は逐語訳に（曾て）と（今も）を補って自身の解釈を示しているが、もう少し英語の語法に合わせた丁寧な説明がほしいところである。こういうような不満が重なっていくと、やはり「一字一句の解」の重要さを痛感することになる。そしてさらに三、四行目の、汝を「鳥」と呼ぼうか、「さまよへる声音」と呼ぼうかといった内容について、逍遙は「おぼつかなくも呼子鳥」といふ意、「此の一句にいちじるしからずや」と解説、評価して見せる。一瞬意味不明だが、この評釈の前の方に「をちこちのたづきも知らぬ山中に、おぼつかなくも呼子鳥かな」という和歌の引用がなされており、それと呼応した評価と分かって、なるほどこれは日英両文学に通じた逍遙ならではの註解だと思わさせられるけれども、この和歌の由縁を知らぬ（私のような）読者には、本当のところ、面白味が伝わらない。

こういう調子で全八連を読んできて逍遙は、「ウァーヅワースの自然を愛する情のいかに深く、いかに切なるかは、クックーの呼ばふ声にだに我れを忘れ、人世を忘れ、恍として別乾坤に遊べるに其の一斑を想見すべし」と結んでいる。それはその通りに違いないのだが、完全にその通りの気持になれるかというと、なかなかそうなり難いようにも思われる。

「呼子鳥に」のような短い抒情詩ではまだよい。同じワーズワス作だが、「幼時を憶うて不死を知るの歌」（"Ode on Intimations of Immortality from Recollections of Early Childhood"）のような、全一一章、二一〇七行に、想念が行きつ戻りつして、いささかながら晦渋さを含む詩になると、逍遙の古風な日本語による逐語訳、ともすれば感情を強調しがちな名文による解釈に、ついていくのがしんどくなり、読者は前生やら人生経験を積んだ盛年やらの間を行きつ戻りつさせられたあげくの、最後の一節のいわば「生」の歓喜の表現を実感をもって受け止めることは、容易でない。この詩の表題にいうImmortalityとは、「不死」というよりは「前生後世に互りて無窮即ち永劫存在」といった意味というのは、まったく正しい解釈だと思うけれども、「即ち三世恒存といはん程の義」と言われると、却って納得が難しくなってしまう。

この本は全体として、原詩文をよく理解し、その表現をこまやかに美しい日本語に移して見せ、確かに作品の「趣致と風調」をよく説いてもくれる。それでもなおかつ、原作の面白味、とくにその英語表現の面白味を読者に十分に、生き生きと伝えるには、逍遙先生の個人的趣味がいささか強く出すぎていた、とでも言えようか。『英詩文評釈』は本の性格上、早稲田の関係者には広く利用されたと思われるのだが、『英文学史』の場合と同様、読者の積極的な反応は私の管見にはほとんど入って来ない――「今なお生き生きと英文学鑑賞の高度な指針と実践の結実になっている」といったような弟子筋からの抽象的な讃辞はあるのだが。

坪内逍遙は晩年、シェークスピヤの翻訳に非常な覚悟と情熱をもって臨んだ。理論的な美辞論の構築も、英文学史の講述も、英詩文評釈の仕事も、彼としては満足すべき結果にいたらなかったのではないか。基本的には目の前にいる学生たち、あるいは若き同学の士を相手に、「入門」とは言え知識と見識を注ぎ込んだ仕事であったが、得られた反応は期待していたものと掛け離れていたのではなかろうか。世間的には「早稲田の坪内博士」として、名声いまや隠れもない。しかし「英文学者」としては、彼はどこかで忸怩たる思いがあったのではないか。彼がシェークスピヤの翻訳を、「英文学者」としての自分を証明する最後の仕事と見極め、乗り出したとしても、常に精力的に活動家たる彼としては、しごく自然なことであったと思われる。

大正一五年、逍遙六十七歳の一月、彼は雑誌『新小説』に「三絶披露のこと」を発表した。「三絶」とは「創作の筆を絶つ事」、「序文書き廃絶の事」、「雑誌・新聞への寄稿辞絶の事」の三つ。では「三絶」してどうするのか。自筆の年譜で言うように、「此年よりシェークスピヤの全訳に専念」するのである。そして先走って言えば、昭和三年末にいったん『シェークスピヤ全集』全四十巻（早稲田大学出版部刊）を完成するのだが、間もなくそれにさらに手を入れる仕事を始め、昭和八年九月、『新修シェークスピヤ全集』全四十巻を中央公論社から刊行開始、昭和一〇年二月二八日、逍遙が七十六歳で歿した、その三か月後の五月に、完結する。まさに命を懸けた大業であった。

その完結から私のこの稿の執筆時点までに八十四年たち、シェークスピヤの完訳も何種類か出ているので、逍遙の完訳をついいくつかの同類の仕事の一つと見なす向きがあるかもしれぬ。が、最初の先駆者の労苦は比較を絶していたと私は思う。しかも逍遙の場合、英文学と日本文学の「調和」という、途方もない思いをもっての仕事であった。

この大業、実は長年のいわば準備作業の上に成り立っていた。本書でも比較的注意して述べてきたことなのでいちいちくり返す必要もあるまいが、逍遙は東京大学の学生になった時から、いわばシェークスピヤを通して西洋文学の「神髄」を学び、日本的勧善懲悪の文学観を脱した。そしてやはりまだ学生時代に『ジューリアス・シーザー』の自由訳を出版し、自分の私塾でシェークスピヤの講義などもしていた。大学を卒業、東京専門学校の講師となると、正式に講義の材料としてシェークスピヤの作品を取り上げていたが、文学科の開設、『早稲田文学』の創刊とともに「シェークスピヤ脚本評註」の仕事を始め、このための方針を述べた「緒言」がもとで没理想論争をくり広げることにもなった。その後、演劇革新に打ち込むようになると、その主張に役立てるため、あるいはその主張にのっとった芝居を具体的に見せるため、シェークスピヤ作品を次々と訳している。さらには、彼自身の創作した戯曲類にも、シェークスピヤ作品は頻繁に、濃厚に生かされていった。たとえばこの方面の逍遙の代表作と言える『桐一葉』（実演台帳は大正六年刊）は、幽霊の使い方、主人公の命をうかがう忍びの者の使い方などにおいて、『ハムレット』や『ジューリアス・シーザー』の影響を受けている（木村毅氏の指摘による）。このようにして、逍遙の文学・演劇活動とシェークスピヤとの関係は深くからんでいた。だからその進展にともない、シェークスピヤ翻訳の姿勢も変わってくる。もちろん翻訳の文体も変わってくる。最後の『全集』進行中でも、逍遙はよりよい文体の探求をねばり強く行なっていた。こういう翻訳表現の全体的な変遷は、彼自身が『全集』の付録の形で出した『シェークスピヤ研究栞』の最終章（第十八章）「自分の翻訳に就いて」の中で、五段階に分けて詳述している。

逍遙のシェークスピヤ全訳がこのような、いわば生涯の結集としての仕事であってみれば、それは

「英文学者」逍遙の枠を越える仕事であり、その全貌を展望するだけでも、本書ごときのなせる業ではない。残念なのは、汗牛充棟の逍遙論の中で、それを十分な周到さをもって行なったものを私は知らないことだ。もちろん、この全訳がどのようなプロセスでなされたかといったような外辺的なことは、いくつかの本に述べられている。が、翻訳を原作の詩文と付き合わせて検討するといった、より根底的な作業をして見せてくれているのは、私の知る限り、本書の初めに言及した矢野峰人先生の『日本英文学の学統』中の「逍遙のシェイクスピア翻訳」と題する三十頁足らずの文章くらいのものだ。抽象的で社交辞令的な褒辞はなく、逍遙に対する敬愛をあふれさせながら、「逍遙の沙翁訳に対する一つのしかし大きな不満を遠慮なく言うならば、原作の「詩」が邦訳において失われていることである」と言い切っている。こういう学問的な真摯さを目のあたりにすると、本当の坪内逍遙研究はこれからだ、という思いに駆られざるをえない。

なおこの章の最後に一言。夏目漱石に「坪内博士と『ハムレット』」(『東京朝日新聞』明治四四年六月五、六日)という文章がある。逍遙が会長を勤めていた文芸協会の第三回公演として、帝国劇場で『ハムレット』全五幕の通しが上演された。さらに言えば、これは日本における最初の本格的なシェークスピヤ劇の上演であった。そういう歴史的な芝居のいわば劇評であるが、逍遙訳『ハムレット』(この二年前に早稲田大学出版部・冨山房から出版されたもので、これまた日本で初めての原文に忠実な翻訳の『ハムレット』と言えた)の批評にもなっているので、ここで言及しておきたい。

ところが、原作に忠実な翻訳を台本とした本格的なシェークスピヤ劇であればあるほど、漱石は日本人の観客としてこの芝居に異和感というか、距離感というかを覚えたのであろう。「面白味を味ひ得なかつた」と言う。逍遙の翻訳についても、「忠実の模範とも評すべき鄭重なもの」と呼んで敬意を表しながら、「けれども、博士は沙翁に対して余りに忠実ならんと試みられたがため、遂に我等観客に対して不忠実になられた」と述べ、「我等の心理上又習慣上要求する言語は一つも採用の栄を得ずして、片言隻句の末に至るまで、悉く沙翁の云ふが儘に無理な日本語を製造された」、「沙翁劇は其劇の根本性質として、日本語の翻訳を許さぬものである」とまで言い切る。

これは、翻訳の根本にかかわる大問題である。翻訳は可能か、可能だったらいかになされるべきか、といったような議論は果てしなく広がり得る。と同時に、逍遙と漱石とのこの翻訳態度の違いは、私には、日本近代の出発点にあって、西洋文明の学習・吸収を国民的運動のように推進した文明開化時代に青春を生きた逍遙と、日本が一応独立を確保し、ナショナリズムが再燃しつつあった時代に青春を送った漱石との、西洋文明に対する姿勢の違いの反映にも思える。

ただ、漱石は批判を呈しただけで、ではどうすればよいのか、といった対応策はいっさい示さなかった。逍遙も返事の仕様がなかったのであろう、何も答えをした形跡がない。またこの問題について、当時どういう議論が学界や劇界、あるいは文壇などでなされたか、私は知らぬ。早稲田からも、何の反論もなく終わってしまったのではなかろうか。

私には、逍遙はもちろん上演を目指して翻訳をしていたが、同時にこの頃からもう、シェークスピヤを日本語に移すこと自体を目的として翻訳に打ち込むこともし始めていたように思える。そういう

「英文学者」の仕事としても、彼の晩年の翻訳は検討され、評価されなければならない。ただしそれには、彼の英語と日本語を、彼の文章表現に即して着実に読み解き、味わう態度、努力が必要だろう。漱石の批評はそれから遠いところでなされていたと思わざるをえない。

第九章

早稲田大学英文科

図版 10　早稲田の坪内博士、昭和 2 年、68 歳、
最終シェークスピヤ講義記念
（F73-01081「人物（本人）」早稲田大学演劇博物館所蔵）

東京専門学校「文学科」は明治二三年九月に出発したが、二四年九月から「文学部」と改称した。この頃までに哲学、史学、英文学、国文学、漢文学、体操、それに参考課（東洋哲学、言語学、教育学、英詩批評など、随時選定して講義する）などの「課目」が設けられたので、「科」という言葉はまぎらわしく、「部」に拡大したのではなかろうか。

そして明治三二年、文学部が哲学及英文学科、国語漢文及英文学科、史学及英文学科の三学科に再編された。まことに奇妙な学科名だ。どうもこの学校では創立以来、「英文」ないし「英語」という言葉がお念仏のように唱えられてきているが、この時も学校創立時の「英語学科」と同じで、ほかの学科に従属してそれを助ける課程の意味で用いられているのではなかろうか。つまり哲学科でも国語漢文学科でも史学科でも、それに従属して英語・英文学はちゃんと教えますよ、という意味の学科名であろう、と私などは受け止めたのである。

ところが『早稲田大学文学部百年史』（前出）の「英文学専修」の項（野中涼氏の執筆か）の記述によると、学科配当表からの「推測」としながらも、哲学、国語漢文学、史学科の方が英文学に「従属的に併存する」という形が採られていた「ように見える」と言うのだ。私の受け止め方とはまったく逆である。が、この「推測」を読んだ瞬間に、私は「推測」の正しさを感じた。「英文」は文学部に支配的に遍在し、他の科はそれに従属して存在した（らしい）。そう受け止めると、周辺のいろいろが納得できるのである。それもすごいことだが、もう一つ、英文ないし英文学そのものの学科はなかったのだろうか、と私はいぶかる。

この問題はさておくとして、明治三五年、私立学校令にもとづき、東京専門学校は校名を早稲田大学と改めた（専門学校令による「大学」となったのは三七年）という。この時、従来の文学部は大学部文学科と改称、哲学専攻と文学専攻をおくこととなった。初代文学科長は当然、坪内逍遙がなるはずだったが、すでに述べたように彼は明治二九年、早稲田中学校の教頭に任ぜられ、三五年には校長に就任させられて健康を害し、翌年、職を辞するような有様だった。それで文学科長はおかず、講師の浮田和民（自由主義的な政治学者で、早稲田では西洋史なども教えていた）を初代の教務主任としたが、二年後の三七年、すでに中学校長を辞した逍遙を文学科長にという要望が強まり、学長の高田早苗以下、こぞって就任を懇請した。しかし逍遙は自分が文学科の構成要素である哲学に無知だということを理由にして、断乎ことわったという。そして教え子で哲学者の金子馬治を第二代の教務主任に推薦し、自分は「長」たることを避けた。

この前年の明治三六年、定款の改正があり、「教授会」が組織された。早稲田ではこれまで正式には「教授」という職名がなかったわけだが、ここにそれが誕生したらしい。そして明治三八年、学則の変更によって、文学科は哲学科と英文学科に分かれた。独立した「英文学科」がここに初めて誕生したわけだ。ただし逍遙はその主任にも長にもなることなく、「平教授」に徹していた。

ともあれ、こうして「早稲田大学英文科」は発足した。しかし、『早稲田大学文学部百年史』の「英文学専修」の項の記述が実に面白い（そして私は正しいと思う）。

ところで、英文学科は、英米文学を中心に教えることになってはいたが、その名目に内容を厳密に限定しようとした傾向はなさそうである。当時としては文学研究や教育制度の発達段階を反映したもので、もちろん特殊な状況だったわけではない。英文学科はむしろ英語をとおして学ぶ外国文学科、あるいはヨーロッパ文学科、領域の広い一般文学科だったと考えられる。事実、さまざまな授業が、英米のほかに仏、独、露、伊、北欧諸国の文学の傑作をまんべんなく扱おうとしていたし、教員もまたさまざまな講義を担当しなければならなかったようである。

このためであろうか、この『百年史』の「英文学専修」の項は、英文学科の出発からでなく、ごく当然のように、文学科が始まった明治二三年から書き始めている。すでに述べたように、「文学科」も「英語普通科」やら「専修英語科」やら、私には正体の分からぬ英語英文学の学科が和漢文学を併合してできたような趣きがある。だからこの項の執筆者が明治二三年から三七年までを英文学科の「一種の前史時代」と呼んでいるのも、よく分かる話だ。そしてわが坪内逍遙は、明かにその中心にいた。そのくせ正式の英文学科時代になると、逍遙は「早稲田の坪内博士」になってしまい、学科の中にはその姿が見え難い。が、「英文学者」としての彼の活動、というか存在は、本当はそこでも大きなものであったように思える。その有様を、たとえ点描ふうにでも浮き出していってみたい。まずは「前史」時代から。

自分のことで恐縮だが、私が比較文学の分野で多少とも学問的な仕事に従事し始めたのは、アメリカ詩人ウォルト・ホイットマンの日本における影響を調べ出した時だった。偶然とも言うべきか、そこへ最初に登場するのが夏目漱石と坪内逍遙なのである。

明治二五年一〇月、帝国大学英文科の三年生だった夏目漱石は、文科大学の哲学会（と言っても幅広く人文系の学者・学生が結集していた）の機関誌『哲学雑誌』に、「文壇に於ける平等主義の代表者ウォルト・ホイットマン（Walt Whitman）の詩について」と題する論文を発表した。この年三月に亡くなったアメリカ最大の詩人についての日本における最初の紹介論文で、無署名ではあるが、漱石の発表した最初の学術論文でもあった。が、ホイットマンは日本でまだまったく無名であり、発表機関も文学とは縁遠い専門誌である。誰も気づかなくて当り前と言えたが、坪内逍遙がちゃんと気づいていた。同じ日付の発行となっている『早稲田文学』に、短い紹介記事を寄せているのだ。全文、引用するに値する――「「文壇に於ける平等主義の代表者ウォルト・ホイットマン（Walt Whitman）の詩について」と題せる二十頁の長論文あり。吾人も嘗てドウデン氏が紹介により此《この》民主的詩人の面影を知り得たることありしが、哲学雑誌記者詳《つまびらか》にドウデンの論を参考にしてホイットマンの精神を発揮してそが懐抱《かいほう》せる主義を解剖して余す所なし」。

漱石の論文は本当のところ、いかにも学生の手になるものらしく観念的で、ホイットマンの「詩」を理解するものとはなかなかなりえていない。しかし彼は逍遙の指摘するドウデンの論文のほかに、Ernest Rhys 編集の *Poems of Walt Whitman* (1886) なる詩集を手に入れて熱心に読んでいた。そして

「詩」の理解には到らなくても、自らの詩魂によってホイットマンの「独立の精神」を積極的に受け止め、それを熱誠を込めて伝えるところは、ホイットマンの発見が彼にとってほとんど「近代」の発見を意味したのではないかと思わせるほどだ。

逍遙はたぶんホイットマンの詩集を手にする機会はなく、漱石のような一種ロマンチックな反応をするには到らなかった。ここに言うドウデンとはEdward Dowdenのことで、高名なシェークスピヤ学者でもあり、逍遙はそれで彼の著作に親しんでいたこと間違いない。が、ダウデンには近代文学に関する評論集*Studies in Literature, 1789-1877* (1878) もあり、そこに収められた評論"The Poetry of Democracy: Walt Whitman"を逍遙も、そして漱石も読んだのだ。

逍遙の、漱石の論文を紹介する文章は短いながら親切で、おおむね的を射ていたが、彼は自分のそういう知識ないし関心を積極的に学生に伝える教師でもあった。明治二三年に始まった文学科の第一回生で最も成績のよかった金子馬治（筑水）が、この際の相手である。金子は長野県上田の生まれで、英語普通科を経て文学科開設とともにそちらに入り、大西祝の指導を受け、哲学への志向が強かったらしい。二六年に卒業すると同時に、逍遙の推薦で母校の講師に採用された。卒業論文は「詩才論」で、『早稲田文学』（二六年七―八月）に連載、その後も「希臘美学」、「ショオペンハウエル」、「カントの美論」と、哲学的な論文を発表している。ただし論文とは言っても、原書の梗概をたどっての紹介が主である。が、同時に西洋文学の紹介も盛んに行なっていた。明治二六年には、ジョルヂ・メレディス、ダンテ・ロセッティ、マツシゥ・アーノルドを紹介している。これらのテーマの選択には逍遙先生の助言が大きく働いていたと思われるが、そういう助言が最も明瞭に現われるのが、ホイットマン紹介の記事だったのである。

金子馬治は明治二七年七月の『早稲田文学』に、「米国の新文豪ヲルト・ホイットマン」と題する論文を発表した。これは金子の後輩――あるいは教え子か――の木村毅氏が大著『日米文学交流史の研究』（一九六〇年）で指摘するように、Havelock Ellis 著 *The New Spirit* (1890) に拠っていること、間違いない（エリスの『新精神』は、すでに明治二五年一〇月の『早稲田文学』で紹介されている）。この本は「新時代のはじまり」における「生の脈動」を探ると言って、ディドロ、ハイネ、ホイットマン、イプセン、トルストイの五人を論じているのだが、金子はホイットマン論に続けて「魯国の新文豪トオストイ」、「諾威《ノルウエイ》の新文豪イプセン」を『早稲田文学』に発表している。いずれもエリスの論に拠っている。だが、ではそれだけかと言うと、そうでもない。ホイットマン論について言えば、明かにダウデンの論文にも拠っているのだ。前後の事情から推して、逍遙がダウデン参照をすすめたと見るのが順当だろう。それどころか、そもそも金子がエリスの本の中からまずホイットマンを取り上げたこと自体に、逍遙の指導があったかもしれない（漱石のホイットマン論に対する逍遙の讃辞の存在を指摘した拙文に対し、木村毅氏が次のような私信を下さったことがある――「これで初めて金子先生が、エリスの『ニュー・スピリット』から特にホイットマンを抜いて早稲田文学誌に紹介された経路がわかります。やっぱり坪内先生が命ぜられたのでしょう」）。エリスとダウデンのほかに、もう一つ、金子は漱石のホイットマン論そのものにも拠っていた。そのことは、引用文のあり方などからも確かである。

ともあれこうして、金子馬治の論文は日本における二番目のホイットマン論となった栄誉を担う。だが、どのように読んでも、ホイットマンの原詩集を読んだ形跡がないのである。仮に読んでいたとしたら、読み方が非常に浅かったと言わざるをえない。そのことが反映して、思想の紹介はしえても、内容は抽象的で、文学論としては力に欠ける。筆者の温厚な人柄や着実な思考は、論文中にもよく出ている。逍遙はこういう弟子を慈しみ、弟子の方もよく師に仕えて、筑水はこれ以後、しだいに文学科の中心的な人物となり、後には早稲田大学教授として哲学、美学を講じ、文学部長ともなった。


文学科第二回生の成績一番は、島村瀧太郎（抱月）であった。島根県の生まれ。赤貧洗うがごとき家に育ち、苦学したが、明治二三年、十九歳で上京すると、同郷の先輩、森鴎外を訪問し、文学志望の思いをかき立てられたらしい。東京専門学校では初め政治科に入ったが、間もなく退学して、翌年、文学科の第二回生になった。文学の勉強ではもちろん逍遙に師事、美学で大西祝や森鴎外に師事したようだ。卒業論文は「審美的意識の性質を論ず」といったもので、文学と哲学の中間を行っている感じだ。が、逍遙はこれも激賞し、『早稲田文学』に連載、卒業と同時に抱月を『早稲田文学』の記者にした。

これより前、卒業に当たり、抱月は自ら発起して『同窓記念録』なるものを編集したが、その中に自己紹介的な一文を残している。彼はその中で、「平素愛読する所」を述べるに際し、日本文学や漢文学の古典的作品の後、西洋文学からは「ゴールドスミスの荒村詩、エマルソン文集など」を挙げ、次に「希望を語らんか」として、「願はくば学者として哲学特に美学の研窮を全くし、著述家として評論的日本文学史の大成を期し」云々と言い、さらに自分の性質を「意を一理に集中せしむると共に、多方に分注すること略《ほ》ぼ心の儘なる自ら得意とする所なり」と述べている。愛読する西洋文学作品をこれだけしか挙げられなかったのは淋しいが、若書きの未熟な文章の中に「一理集中」と「多方分注」といった相反する能力を自分の「得意」として述べるあたり、若者らしい楽観的な自己分析ぶりで、微笑を誘う。だが事実はどうであったか。

抱月は明治三一年、ドイツ留学に旅立った大西祝のあとを受けて文学科講師となり、美辞学や支那文学史、西洋美学史などを受け持ったが、明治三五年、東京専門学校派遣の第二回海外留学生に選ばれ(第一回留学生は明治三三年の金子馬治である)、三年間の英独留学に発った。その旅立ちのいわば置土産となったのが、『新美辞学』の原稿であった。これは逍遙の推挽を得て、同年、早稲田大学出版部から出版された。

これより前、逍遙が『早稲田文学』(明治二六年一―九月)に「美辞論稿」を連載していたことは、すでに述べた。抱月は当然これをよく読み、また序文で述べるように逍遙の指導、援助も多く得ていたと思われる(専門用語の上で大きな恩恵を受けたことは、凡例に記している)。しかし抱月としては、逍遙よりもっと幅広い視野で美学的にレトリックを論じたという自負もあったに違いない。だが外遊のために時間的余裕を失い、とくに最後の第三篇「美論」は未完というに近かった。それを逍遙が校閲し、出版にこぎつけ、さらに「序」を付して、「彼方の類書に比するも、周到なる修辞法に兼ねるに創新なる美辞哲学を以てしたる、証例の東西雅俗にわたる富贍なる、その例空し」云々と推奨したのである。

ただし、これが島村抱月の唯一の完成した学問的著述となる。この後、海外留学の最初の二年間については、現在、「渡英滞英日記」が印刷されていて（『明治文学全集』第四十三巻所収。あと一年間の「滞独帰朝日記」は未刊）、たいへん参考になる。彼はおもにオクスフォード大学にあって、もちろん英文学を中心に、勤勉に学びながら、休日にはロンドンで劇場通いに励むようなことをしていた。真面目な留学生であったことは間違いない。ただ、彼は留学に出発前、当時の習慣で師友盛大に集って行なわれた歓送会での挨拶で、「欧洲文明の背景といふものを見味はつて、それをお土産に持つて来たい」と述べたと言われる（川副国基『島村抱月』一九五三年参照）が、まさに全体的にその姿勢で通したらしく、いわば「多方分注」であって、「一理集中」的にテーマを絞って研究を進めた形跡はあまりない。

明治三八年九月、抱月は帰国、早稲田大学と改称していた母校の文学科講師に復し、美学、英文学史、欧洲近世文芸史、文学概論などを担当した。大学の期待は大きく、文芸協会組織の任にも当たり、翌三九年一月、逍遙が中学教育や倫理教育に打ち込み出した三一年一〇月から休刊していた『早稲田文学』を、やはり逍遙やその周辺の要望に応じて再刊、主宰した。その再刊第一号の巻頭を飾った彼の長論文「囚はれたる文芸」は、自ら期するところ大なるものがあったに違いない。本人の回想して言うように「ヨーロッパの現在を基礎にして、あらゆる既成文芸を囚はれと見ようとする大仕掛のもの」(『読売新聞』明治四二年一月一〇日「解放文芸」)であって、まさに歓送会での挨拶通り「欧洲文明の背景といふものを見味はって」来た成果を盛った論文の観がある。が、当時の周辺の反響は別として、今日読むと、寥々たる感を禁じ得ない。大ざっぱに言うと、こういう内容である。

ヨーロッパからの帰路寄港したナポリにおける感慨を大仰な美文で綴ることから始まり、そこで出会った真紅の長衣を垂れる(ジョットーの描く)ダンテの肖像そのままの人(つまりダンテの化身)が語ったという形で、ヨーロッパ文芸の歴史を展望する。ギリシャの古代から人間の知識は発達し、一九世紀になると科学万能ともなっているが、自分(ダンテ)の求めるのはむしろ感情だとし、ラファエロ、シェークスピヤらを代表とする「ローマンチシズム」に期待する思いを語る。知の果ては、一九世紀後半にいたって「自然主義」を生んだが、これは「知識に囚はれたる」文芸であり、それよりはこれに反抗して「情の大海」に乗り出す哲理的、神秘的、さらには宗教的文芸が望まれる、と言う。えんえんたるダンテの長広舌は、あちこちに著者(抱月)自身のヨーロッパ文芸についての知識の豊かさを見せびらかしている。しかしようやくダンテが去って、我れに返ってみると、この出会いで究極的に望まれた宗教的文芸とはいかなるものか。具体的には、著者は何も言い得ないのである。「言ひ難き一種の妙機」とか「人生最後の運命に回顧するの情」とか、まるで禅問答のような言葉を連ね、最後に「放たれたる文芸」を求める思いを吐いて、論は終わるのである。

多才にして、たぶん一身を向上させる意欲にもあふれていた島村抱月は、これからの文芸のあり方を真剣にさぐっていたに違いない。それを世界的視野で行ない、「大仕掛」に論じたわけだが、文学研究のもう一つの生命である、文学作品、あるいは文学者に、「一理集中」して考察することをついに彼はなさなかった。そのため、折角の論に実質的な中核が欠けるのではないか。しかし坪内逍遙は、抱月を掌中の珠とし続けたようだ。明治四〇年、抱月は正式に開設してまだ間のない「早稲田大学英文学科」の教務主任に任ぜられたが、これにも逍遙先生の意向が働いていたこと、間違いない。

ただ島村抱月というと、こういう大学内での仕事よりも、文壇での活躍、それもあれほど批判していた自然主義を擁護する側の論客としての活躍とか、さらには文芸協会を舞台にしての演劇活動とかが注目される。そしてよく知られる松井須磨子との関係などから、さすがの逍遙も彼と訣別することになる。この辺のことは、明治文芸史の好テーマたりうることはもちろんだが、「英文学者」逍遙に焦点を絞る本書では関心の外とせざるをえない。私としては、逍遙先生が自分の指導の外へ、外へと出て行きがちなこの秀才学生に、最後まで指導の手を差しのべ続けていたように見えることに、あらためて注目しておきたい。

明治二八年卒業の第三回生に目を向けると、五十嵐力《いがらしちから》は山形県米沢の出身、在学中は逍遙と大西祝に師事、卒業後は『早稲田文学』の編集に参加、やがて文芸協会の発起人、評議員になるなど、終始、逍遙のよき協力者であったが、専門としては国文学の分野で活躍、大正九年、新設の国文科主任教授となった。朝河貫一は福島県二本松出身、卒業後渡米してダートマス大学やイェール大学で学び、大化改新の研究で博士号を取得し、イェール大学で長年、日欧の比較法制史などを講じ、日本人のアメリカ留学生に絶大な影響を与え続けた。面白いのは、明治三九年―四〇年に日本文明史研究のため帰国した時には、早稲田大学で英語、英文学を講じていることだ。

さらに目を転じて、明治三〇年卒業の組を見てみよう。後に雑誌『英語青年』の編集をする喜安《きやす》璡太郎《しんたろう》がいた。愛媛県松山の中学校から東京専門学校の専修英語科三年に編入学、卒業して文学科に入った。最初、倫理学を専攻していたが、「卒業の頃坪内先生は私を呼んで、『金子（馬治）君でも英語を教えて居るのだ、生活のためには君も英語を教えねばなるまい』と注意して下さった」（喜安璡太郎『湖畔通信・鵠沼通信』一九七二年所収、上井磯吉「喜安璡太郎先生小伝」）のに応じて勉強、三十二名中二番の成績で卒業したという。そして逍遙の世話であちこちの中等学校の英語教員をしているうちに武信由太郎と知り合い、『英語青年』の仕事についたのだった。

この年、四番の成績で卒業したのが長谷川誠也（天渓）で、新潟県高浜町出身。文芸評論家として自然主義を推し進めたことはよく知られているが、英文学者でもあり、早稲田の英文学講師も勤めた。逍遙との弟子としての交わりも濃く、逍遙が高山樗牛のニーチェ主義を論難した時には、脇から熱心な応援をしたりしている。

このように見てくると、早稲田大学英文科の「前史」時代における坪内逍遙の存在は圧倒的なものであり、学生・卒業生の多くが「英文学者」逍遙先生から熱のこもった保護・薫陶を受けていたことがよく分かる。だが、では「英文学科」が正式に発足した以後、逍遙先生は中学教育や倫理教育、あるいは演劇革新事業に打ち込んでいっていて、「英文学者」としての指導力は発揮されなくなっていたかというと、そうではなかった。ただその指導力、あるいは「英文学者」としての力の発揮は、狭く専門化した「英文学」の領域だけには跼蹐されなかったように思えるのである。

私はその思いを、あとはもう、自分が個人的に注目する学者にだけ触れながら語ってみたい。すでに述べたように私は比較文学をも専攻する者なので、明治文学の展開に強い関心を抱いている。この分野の勉強をしていると、ごく自然に明治文学・文化研究の偉大な三人の先達に行き当たる。本間久雄、柳田泉、木村毅の三人で、本間は明治一九年、山形県米沢の生まれ、他の二人は二七年、それぞれ青森県と岡山県の生まれ。これが皆、早稲田大学「英文科」の出身なのだ。本間だけはいかにも英文科出身らしくその分野の著作も多いが、卒業論文「近世批評上の二問題」はシェークスピヤとトルストイの比較という。一種とんでもないテーマだ。そのとんでもない卒業生が、たとえば『明治文学史』全五巻(昭和一〇—三九年)という歴史的な大著をなしとげた。柳田については本書で何度も触れてきたので、ここでは『明治初期の翻訳文学』(昭和一〇年、改版『明治初期の翻訳文学の研究』昭和三六年)、『政治小説研究』全三巻(昭和一〇—一四年)、『若き坪内逍遙』(昭和三五年)、『「小説神髄」研究』(昭和四一年)などの書名を挙げるにとどめておこう。これらは後に柳田のこの方面の仕事の集大成『明治文学研究』全十一巻(春秋社)の構想となったが、九巻までで中絶したようだ。私が一番強調したいのは、一番天衣無縫で、「学者」らしく見えない木村毅の存在で、英米文学、日本文学に限らず、途方もない所から思いもかけぬ材料を取り出してきて縦横に論じて見せる才と腕は、驚嘆に値する。彼が在学中、逍遥の講義を聴き、やがて逍遥に才能を見出されて逍遥に傾倒し、また自分の学問も発展させていったさまは、いかにも「早稲田的」に思える。

日本文学研究者だけではない。文芸評論家の片上伸（天弦）は、これまた愛媛県出身、明治三九年英文科卒業生の一人で、在学中に『テニソンの詩』（明治三八年、『イン・メモリアム』の翻訳）を出版したほどの英文学への打ち込みようだったが、ロシア文学に関心を高め、ロシア留学後、大正九年、早稲田大学に露文学科が創始されると、その主任となっている。

同様にして吉江喬松《たかまつ》（孤雁）は、長野県の出身、明治三九年英文科を卒業、四一年から母校講師になり英文学を教えたが、フランス留学して帰国後、やはり大正九年、母校に仏文学科を創始、その主任となった。彼もまた研究の幅は広く、『世界文芸大辞典』全七巻（昭和一〇－一二年）の編集は逍遥の比照文学的思想を反映する見事な事業であったが、まだフランス滞在中に逍遥の舞踏劇を仏訳するなど、さまざまな形で逍遥の支援者として働いた。

早稲田出身の歌人というと、私などはまず書道家としても著名な秋艸道人・會津八一を思い浮かべるが、意外や意外、これも英文科の出（明治三九年卒）。新潟県の人で、中学生の時、逍遥の講演を聴いて感激、早稲田に入ったという。卒業後、郷里で英語教師をしているうちに逍遥の知遇を得たらしい。校歌「都の西北」の作詞や郷里の糸魚川に引きこもっての良寛研究や良寛的生き方で知られる相馬昌治（御風）も英文科出身（そして明治三九年卒）。

小説家で一人だけ名を挙げるのは難しいが、評論の仕事への敬意も兼ねて正宗忠夫（白鳥）にはぜひ言及しておきたい。彼はまだ「前史」時代の文学科に入学したが、逍遙のシェークスピヤ講義に心酔し、その「仮声《こわいろ》を使い得る」ほどになったという（『文壇五十年』一九五四年）。卒業後も自分の著作に逍遙の校閲、添削を受けるほどの傾倒ぶりだった。

私はいま、「英文科」出身らしからぬ方面にまで幅広い活躍をした人たちを、まったく恣意的に拾いあげてきただけだが、きりがないと言うべきだろう。正式に「英文学科」ができて以後は、当然、英米文学専攻の学者を多く育ててきている。『早稲田大学文学部百年史』「英文学専修」の筆者も、大正八年に文学部が哲学科、文学科、史学科の三系統に分けられ、そのうちの文学科はさらに国文学、支那文学、英文学、仏蘭西文学、独逸文学、露西亜文学の六専攻に分けられることが決まると、「英文学科は、教員も講義も内容も、かなり専門的なものに初めて限定されることになった」と述べている。それでもなお、毎年五十あるいは六十人程の卒業生を生む巨大な英文科は、教員の動きも講義の中身も、たいそう幅広いものであった。「英文学専修」筆者の筆致は、見事に要領よく、抑制もある。それでも、いささか総花的で、百花繚乱の観を呈している。

ただ私のようなヨソ者の目から見ると、この花園にも見逃してはならない陰の部分があるような気はする。その原因から語り起こすと、すでに触れたことだが、『早稲田文学』創刊号で逍遙は「英語と英文学」と題する記事を書き、「文学」を講じる際には「霊活なる詩眼」をもって作品なり作家なりを理解し味わうことの必要である旨を強調するのあまり、「一字一句の解」は二の次でよいといった表現をしてしまった。若き逍遙のとんでもない失言であって、「文学」の正しい理解に「一字一句」の正しい理解が必要不可欠であることは、言うまでもない。逍遙自身、それをきっちりなしている。だがこの失言をそのままに受け入れてしまう傾きも、早稲田の英文科には生じたのではあるまいか。「一字一句」との精緻な取り組みの姿を示すたぐいの研究の成果は、ここで育った人にあまり多くを見せてもらっていないような気がするのである。

私には、逍遙自身が自分の失言の犠牲者であったようにすら思える。すでに述べたように、逍遙の英文学史、英詩文評釈、とりわけシェークスピヤ翻訳の仕事について、それを「一字一句」に即してきっちり検討し、評価するということが、早稲田の学者たちの間で当然もっとなされてよいと思うのだが、どうもそれが多くは見られないのである。

と、こういったヨソ者の嫌な表現を見せながらも、「早稲田大学英文科」の百花繚乱ぶり、とくにその「前史」時代の多方面の人材の輩出ぶりに私は目を見張り、これを実現した坪内逍遙の指導力に感嘆する。それにはもちろん人格的な力も関係するであろう。しかし「英文学者」としての彼の態度、生き方も大きく関係していたに違いない。

第一〇章　「逍遥に還れ」

早稲田大学英文科の、おもに「前史」時代の活動は、「英文学」といった専門に限定されていなかった。まさに「和漢洋三文学の調和」を目指していた。「調和」は容易に実現すべくもなく、学生はそれぞれ自分の「文学」研究の方向を模索し、「英文学」は多くの場合、模索を推し進めるための手摺《てすり》のようなもので、その果ては国文学からロシア文学、フランス文学まで、さまざまに広がっていた。逍遥はそういう彼らの模索に、それぞれ向きの援助を与えている。英語・英文学を通して、「文学」の読み方、味わい方を教えながら、その先は自由に進みなさいと言っていた趣きだ。

これは学問が専門化する前の、文明開化とそれにつながる時代にふさわしい西洋文学の学び方、教え方だった、逍遥はそれを実行しただけだったとも言える。ただここにもう一つ、逍遥独自の強味があった。彼は東京大学の学生となって西洋文学にのめり込んで行く前、名古屋の貸本屋「大惣」で膨大な江戸大衆文学への情熱と知識を仕入れていた。ある時期、彼は西洋文学の理論からするとそれが自分に災いしたとして、全否定した。勧善懲悪主義の否定だ。『小説神髄』はその産物でもあった。が、実のところ、彼はたとえば二葉亭四迷のベリンスキー、森鷗外のハルトマンのような西洋仕立ての哲学的審美論に突っ走ることはしなかった。若年の二葉亭を一種尊敬し、兄事するようなこともしたが、結局は距離を保った。彼の中には「大惣」で培ったような日本の大衆文化、西洋から見たら田舎くさい読物を文学として愛する気持が生き続けていた。西洋文学と日本文学とを（あるいは漢文学をもまじえて）、理論・理屈によって受け止めるのではなく、作品を直《じか》に対比、衝突させたり、こねまぜたりすることによって理解し、自分自身に生かすのである（最終的にそれが最もうまく成就するのは、彼のシェークスピヤ翻訳であろう）。この姿勢があるからこそ、文学科なり英文科なりにおける彼の仕事は、自由で幅広く、ダイナミックであった。

私はこの「英文科」から育った多彩な人物をそれぞれ二、三行ずつだけ紹介しながら、読者にとって煩わしいことと意識しつつも、必ずその出身地に触れるように努めた。もちろん東京育ちの俊秀もいただろうが、圧倒的に地方の出身が多いのである。そしてこれは、決して偶然ではないように思われる。文明開化の明治一桁《ひとけた》代、あるいは一〇年代には、時代の要請に応えられる人材は東京、横浜といった都会の若者に多かった。東京大学学生時代の逍遙の周辺には、高田早苗、岡倉覚三ら、その種の秀才がいて彼を引き廻してくれた。だが明治二〇年代、三〇年代になると、地方から若者が出て来て、時代を生き、広く発展しようとするようになる。東京専門学校、あるいは「早稲田の文科」は、それに応えてくれる学校だったのではないか。そして「田舎育ち」の坪内逍遙

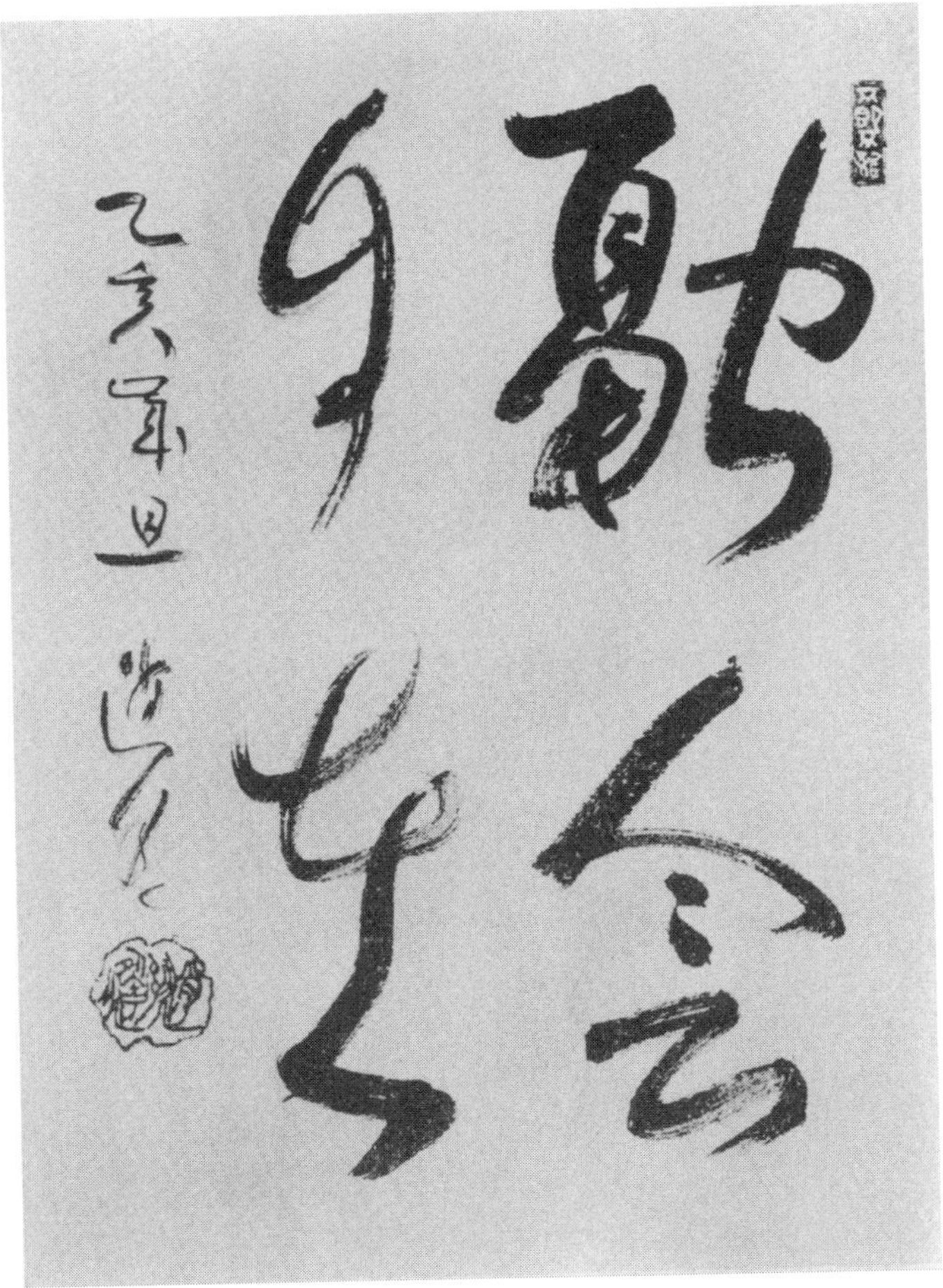

図版 11　逍遙の書「融會自在」（昭和 10 年 1 月 2 日の揮毫）
河竹繁俊・柳田泉著／著作権者：財團法人國劇向上會『坪内逍遙』（冨山房、昭和 14 年）

は、彼らのまさに格好の指導者になったのだ。彼のあの一見のほほんとした鷹揚さは、単に生きる態度であるだけでなく、彼の学問の特色でもあったが、学問上の指導力にもつながったようだ。そして幅広くのびやかな「早稲田大学英文科」を生み出す力になったように思われる。

河竹・柳田『坪内逍遙』は、逍遙先生の書跡もいろいろ伝えてくれているが、一頁全部を当ててとくに目立つものに、「融會自在」の文字がある。昭和一〇年一月二日の揮毫で、「逍遙が好んだ句の一」と注記されている。書の良し悪しなど私はまったく分からぬ不風流人だが、逍遙がこの句を好んだ理由はよく分かるような気がする。「融会」とはいろいろなものが「溶けて一つに集まる」、転じて「自然に了解する」の意、「自在」はもちろん「自分の思いのままに在ること」「安らかに自由な心」の意であろう。まさに逍遙の求めた心の在り方で、私には彼が「学者」としても心掛け、早稲田大学「英文科」においてある程度実現した「学風」でもあったと言えるように思える。

坪内逍遙は「英文学者」として、すごく高遠な理論を打ち立て、あるいはそれを海外から導入してきて、それによって独創的で恰好よい研究書をあらわしたようには思えない。若書きの『小説神髄』は時代に先駆けた画期的な仕事であったが、逍遙自ら言うように、いろんな文献をあさって「手当り次第に抜き書きし」ながら手探りで理論をこしらえていった本であって、勧善懲悪否定の主張を別とすれば、内容の大部分は小説についての概説である。その概説を、借り物の理論によってではなく、いわば自分の読んだ内外の小説に対する自分の心の反応をもとにして構築している。いわば原初的な小説研究の本なのである。それ以後、彼があらわした美辞論にしろ、英文学史にしろ、英詩文評釈にしろ、せんじつめれば中途半端な内容で、学生への指導書とはなり得ても、学術書としての評価となると、著しく不利なものである。くり返すようだが、最終的に「英文学者」としての評価を求められるのは、彼自身も意識したように、シェークスピヤ翻訳の仕事くらいのものであった。

だが、学問がまだ専門化せず、文学研究の方向も方法も分かっていなかった日本近代文化の草創期に、坪内逍遙の原初的な文学研究の姿勢は最も創造的であり、逍遙は時代の先端を突っ走った。日本の田舎から出て来て、世界の田舎である日本を土台にして世界に視野をひろげ、「和漢洋の三文学の調和」などと唱えて、何にでも自由に手をのばし、面白いと思った作品は果敢に訳し、自分の知と情をもとにして熱心に論じ、たとえば森鴎外やその系統のような理論的スマートさはないが、朴訥に、着実に、文学研究の道を切り拓いたのだ。

彼の学問は一面で文学の創造と結びつき、また他面で著しく実際的だった。そのため、純粋な学問として発展し難かった部分もある。「古今文学の相異を説き、東西理想の異同を議する」といった、文学研究における「文学」のダイナミズムを強調するあまりに、「一字一句の解」は二の次におくような姿勢を示し、やがて起こって来る「文献学派」に軽んじられるもとをつくってしまった。

坪内逍遙の学問は時代の要請に応じるようにして形造られたものであり、そういうものとしての短所も欠点ももちろんある。これをただ尊崇の対象として、いわば聖域に祭り上げてしまうのは、時代遅れとして無視するのと同様に、とんでもない無礼なことであろう。ただそういう前提のもとで虚心に見直す時、坪内逍遙は近代日本が生んだ最初の「英文学者」であり、偉大な仕事をなしとげた最大の「英文学者」の一人として、再評価を迫ってくるのである。しかもそれだけではない。

私が矢野峰人先生の『日本英文学の学統』を読んだのは、同書への書き入れから出版二年後の一九六三（昭和三八）年だったようだ。そしてその中に、先生が機会あるごとに「若き学徒に向かって『ハーンに還れ』と説いた」と述べられているところを読んで、嬉しく微笑んだことまで思い出すような気がする。私はその「若き学徒」の一人だったし、矢野先生はハーンが最も高く評価した上田敏に、京都帝国大学英文科で直接教えを受けた方だから、ハーン・上田敏・平田禿木という「学統」を重んじられる気持もよく分かった。それに私自身もハーンの英文学講義などを読んで、敬愛していたのである。が、先生がそのハーンを越えて、さらに前の「逍遙に還れ」と唱えられるところまで読み進んで、私はたぶんよく分からず、戸惑ったのではないかと思う。逍遙は当時、名前は知っているけれども縁遠い人だった。

それから半世紀以上たち、私も少しは逍遙の文章を読んで、峰人先生の言葉に心から賛同するようになっている。これには、逍遙を少しは知ってきたためもあるが、この半世紀の間の、日本における文学研究の変容ぶりも大きく関係しているに違いない。本書の冒頭でも部分的には述べたことだが、アカデミズムにおける英文学研究は、いまや「理論」と「文献」一辺倒になり、「文学」はどこかに置き去りにされてしまって、生命を失いかけている。大学や学界で行なわれている文学研究は、文学の一般読者からまったく遊離してしまい、当然、そういう衰弱した文学研究を学ぼうとする学生も減少し、「英文科」はいまや存亡の危機に瀕している。こういう状況を打開する方策を探し求める人たちにとって、「文学」に密着し、通俗となることを恐れず、闊達で、のびのびと、しかも自ら獅子奮迅とも言える著作・翻訳をするとともに、多方面の学生を受け容れてそれぞれの才能をのばす努力をし、「融会自在」な学風を打ち立てた坪内逍遙の英文学活動は、学ぶべきところ無限にあるように思えるのだ。まさに「逍遙に還れ」である。

英文学者 坪内逍遥 年譜

■印は英文学者坪内逍遥に関係する社会的、学界的出来事を記載。

安政六（一八五九）年▼零歳
五月二三日、美濃国加茂郡太田村（現・岐阜県太田市）に、尾張藩代官所付手代の三男（最末子）として生まれる。本名・勇蔵（のちに雄蔵）。

明治二（一八六九）年▼十歳
父が職を辞し、一家は名古屋郊外笹島村（現・JR名古屋駅のあたり）に移住。寺子屋で学び始める。

明治三（一八七〇）年▼十一歳
小説・芝居好きの母に連れられて、演劇（とくに歌舞伎）に親しみ始める。

明治四（一八七一）年▼十二歳
この頃から貸本屋「大惣」に入りびたり、江戸後期の大衆文芸を耽読する。

明治五（一八七二）年▼十三歳
私立白水学校で漢籍を学ぶ。八月、名古屋県英語学校（通称、洋学校）に入学。
■九月、「学制」頒布。

明治六（一八七三）年▼十四歳

名古屋県英語学校廃止され、その後身の県立英語学校成美学校（通称、愛知洋学校）に入学。

■「学制」にのっとり東京に開成学校（翌年、東京開成学校と改称）開設。

明治七（一八七四）年▼十五歳

八月、「学制」にのっとり開設した官立愛知外国語学校（翌年、官立愛知英語学校と改称）に入学。

明治九（一八七六）年▼十七歳

八月、県の選抜生となり上京、九月、受験して東京開成学校普通科（予科に相当）に入学。

明治一〇（一八七七）年▼十八歳

四月、東京開成学校、東京大学となる。同大学予備門の最上級に編入される。

明治一一（一八七八）年▼十九歳

九月、東京大学文学部政治学科に入学。

「田舎育ち」のおっとり主義を構えながら、都会育ちの高田早苗らと親交、しだいに西洋文学に親しむ。

明治一三（一八八〇）年▼二十一歳

四月、『春風情話』第一篇（橘顕三訳述、ウオルター・スコット『ランマムーアの花嫁』約五分の一の意訳）出版。

明治一四（一八八一）年▼二十二歳

六月、フェノロサの政治学の試験に不合格で第二学年落第。このため給費生の資格を失う。神田の下宿を鴻臚学舎と称して英語塾とし、さらに本郷元町の東大受験の予備校、進文学舎でも英語を教える。

■「明治一四年の政変」。一〇月、大隈重信、参議を罷免され、翌年三月、立憲改進党結成。

明治一五（一八八二）年▼二十三歳

借家を転々としながら寄宿生たちに英語を教え、芝居気たっぷりの講義で好評を博する。

九月–一二月、『東京絵入新聞』に「清治湯の講釈」（春の屋おぼろ戯講）を連載、このほか同類の政治的戯文をいくつか発表。

■東京専門学校設立。

明治一六（一八八三）年▼二十四歳

七月、東京大学卒業、文学士の称号を受ける。

九月、高田早苗の勧誘によって、東京専門学校の講師となる。ヨーロッパ諸国の歴史、憲法論、英語などを教える。

明治一七（一八八四）年▼二十五歳

一月、『泰西活劇春窓綺話』上下（服部誠一纂述、ウォルター・スコット『レディー・オブ・ザ・レーキ』の高田早苗との分担訳）出版。

五月、『該撒奇談自由太刀《じゆうのたち》餘波《なごりの》鋭鋒《きれあじ》』（文学士坪内雄蔵訳、

「附言」は逍遙遊人の署名、シェークスピヤ『ジュリヤス・シーザー』の翻訳)出版。

明治一八(一八八五)年▼二十六歳

二月、『開巻悲憤慨世士伝』前篇(文学士逍遙遊人訳、ブルワー=リットン『リエンジー』の翻訳)出版。

六月―一九年一月、『一読三歎当世書生気質』(春のやおぼろ戯著)雑誌式に十七分冊で出版。

九月―一九年四月、『小説神髄』(文学士坪内雄蔵著)雑誌式に九分冊で出版。

明治一九(一八八六)年▼二十七歳

一月―九月、『新磨妹と背かゞみ』(文学士春のや先生戯著)雑誌式に十二分冊で出版。

一月、二葉亭四迷『小説神髄』(たぶん第一、第二分冊)を読んで逍遙を訪問、肝胆相照らし、親交を結ぶ。

一〇月、結婚。

明治二〇(一八八七)年▼二十八歳

■三月、帝国大学令公布。東京大学は帝国大学に改組・改称。

一月、読売新聞社客員となる。

■帝国大学文科大学に英文科開設。

明治二一（一八八八）年▼二十九歳

■九月、森鴎外、約四年間のドイツ留学を終えて帰国、二十六歳。

明治二二（一八八九）年▼三〇歳

一月、短篇小説「細君」発表。「今年より断然小説を売品とすることを止め、只管真実を旨として人生の観察に従事せん」（日記）。

明治二三（一八九〇）年▼三十一歳

■一月、慶應義塾、「大学部」開設の動き。文学科、理財科、法律科の三科から成る。

五月、東京専門学校、評議会で「文学科」創設を議決、九月、開講。逍遙はその事実上の中心者として活動。

■九月、夏目漱石、帝国大学文科大学英文科に入学（英文科で二人目の学生）、二十三歳。

明治二四（一八九一）年▼三十二歳

九月、東京専門学校「文学科」、「文学部」と改称。

一〇月、『早稲田文学』創刊、逍遙はその主幹。創刊号に「シェークスピヤ脚本評註」（「緒言」のみ）、「時文評論」欄にエッセイ「英語と英文学」その他を発表。一二月、森鴎外、『しがらみ草紙』に「早稲田文学の没理想」発表。いわゆる「没理想論争」始まる。

明治二五（一八九二）年▼三十三歳

四月、『早稲田文学』に「小羊子が矢ぶみ」発表、没理想論争ほぼ終息（鴎外は六月の『しがらみ草紙』に「早稲田文学の後没理想」を発表して鉾を収める）。

五月、夏目漱石、東京専門学校（文学科）講師となる（明治二八年三月まで）。

明治二六（一八九三）年▼三十四歳

一月–九月、『早稲田文学』に「美辞論稿」を連載。

五月–九月、『早稲田文学』に「英文学史綱領」を連載。

明治二七（一八九四）年▼三十五歳

『早稲田文学』に関係する人たちを集めて近松研究会を始める。

一〇月–二八年九月、『早稲田文学』に『桐一葉』連載。二九年二月、単行本『桐一葉』（春の家おぼろ著）刊行。

明治二八（一八九五）年▼三十六歳

■一月、『帝国文学』創刊。

この頃（前年および翌年にかけて）『早稲田文学』その他に英詩文の評釈・紹介をぞくぞく発表。

明治二九（一八九六）年▼三十七歳

九月、『文学その折々』出版。

この年、早稲田中学校の設立に参画、教頭となる。

明治三〇（一八九七）年▼三十八歳

九月、『新小説』付録として『且元最期沓手鳥《ほととぎす》孤城落月《こじょうのらくげつ》』

発表。この頃、逍遙の戯曲活動盛ん。

一〇月、『早稲田文学』休刊（「余暇の乏しきに因みて」自筆年譜）。

明治三二（一八九九）年▼四十歳

三月、博士会の推薦により、文学博士の学位を受ける。

明治三三（一九〇〇）年▼四十一歳

九月、尋常小学校用『国語読本』八巻、一〇月、高等小学校用『国語読本』八巻、刊行。この頃から教科書編纂活動盛ん。

明治三四（一九〇一）年▼四十二歳

六月、『英文学史』（坪内雄蔵著）出版。

明治三五（一九〇二）年▼四十三歳

六月、『英詩文評釈』（坪内雄蔵著）出版。

九月、早稲田中学校の校長となる。

この年、東京専門学校は早稲田大学と改称（に昇格、と言うべきか）、従来の「文学部」は「大学部文学科」と改称。科内に哲学専攻と文学専攻をおく。

明治三六（一九〇三）年▼四十四歳

二月、『通俗倫理談』出版、この方面の活動もしだいに盛ん。

一〇月、尾崎紅葉の葬儀に列し、脳貧血で卒倒。

一二月、病の故をもって早稲田中学校長を辞する。

早稲田大学に「教授」の職名がおかれる。（逍遙、早稲田大

学教授となる）

■夏目漱石と上田敏、東京帝国大学文科大学英文科の講師に就任。同科で初めての日本人教師。漱石、『文学論』の講義。

文学科は哲学科と英文科に分かれ、初めて独立した「英文科」が誕生。

九月、三年間余の英独留学を終えて帰国した島村抱月を迎え、文芸（とくに演劇）の革新を目指す文芸協会設立の企て進む。

明治三八（一九〇五）年▼四十六歳

明治三九（一九〇六）年▼四十七歳

一月、『早稲田文学』（第二次、島村抱月主宰）創刊。

二月、文芸協会発足（会頭に大隈重信をいただく）。一一月、歌舞伎座で第一回公演、『桐一葉』二幕、『ヱニスの商人』一幕、など上演。

明治四〇（一九〇七）年▼四十八歳

一〇月、帝国学士院会員に推薦されたが辞退。この頃、「早稲田の坪内博士」の名声ますます盛ん。

■三月、夏目漱石、東京帝国大学を辞職。

明治四一（一九〇八）年▼四十九歳

■一一月、上田敏、京都帝国大学文科大学に新設された英文科の講師（翌年五月教授）に就任。

明治四二（一九〇九）年▼五十歳

一二月、『ハムレット』（沙翁傑作集第一編）出版。

明治四三（一九一〇）年▼五十一歳

■慶應義塾、いわゆる「文科大刷新」。沈滞していた文学科を振興すべく、永井荷風、教授に就任。五月、『三田文学』創刊。

一二月、文芸協会、刷新充実を計り、逍遙が会長就任。

明治四四（一九一一）年▼五十二歳

六月、歌舞伎座で文芸協会第三回公演、『ハムレット』の通しを上演。夏目漱石「坪内博士と『ハムレット』」（『東京朝日新聞』六月五、六日）発表。

「此年より専らシェークスピヤ訳に心を傾く」（自筆年譜）。

大正二（一九一三）年▼五十四歳

この年、島村抱月と松井須磨子との恋愛をめぐる文芸協会の内紛が社会問題化し、逍遙は責任を取って会長辞任、ついで協会解散。

大正四（一九一五）年▼五十六歳

八月、早稲田大学教授の職を辞する。

大正五（一九一六）年▼五十七歳

■夏目漱石、死去。享年四十九歳。

大正七（一九一八）年▼五十九歳

「此年しばしば早大学長の就任を勧告さる、固辞す」（自筆年譜）。

大正九（一九二〇）年▼六十一歳

一二月、『少年時に観た歌舞伎の追憶』出版。

熱海水口村の別宅、双柿舎が落成、しだいに多くここに住む。

大正一〇（一九二一）年▼六十二歳

この頃から、「ページェント劇」や「家庭用児童劇」の試み盛ん。そのための著作活動も。

大正一五・昭和元（一九二六）年▼六十七歳

一月、「此年より三絶を披露してシェークスピヤの全訳に専念す」（自筆年譜）。「三絶」とは、創作、序文、新聞・雑誌への寄稿を絶つこと。

六月–昭和二年一一月、『逍遙選集』全十五巻出版。

昭和三（一九二八）年▼六十九歳

一〇月、早稲田大学坪内博士記念演劇博物館開館。

一二月、『シェークスピヤ研究栞』出版。これをもって早稲田大学出版部刊行の『シェークスピヤ全集』全四十巻完結。

昭和八（一九三三）年▼七十四歳

九月、『新修シェークスピヤ全集』全四十巻、中央公論社より刊行開始。

昭和一〇（一九三五）年

二月二八日、死去。享年七十五歳十か月。

三月四日、東京青山斎場にて早稲田大学学園葬。

五月、『シェークスピヤ研究栞』出版、これをもって『新修シェークスピヤ全集』全四十巻完結。

参考

『逍遙選集』第十二巻（第一書房、一九七七年）所収「逍遙年譜」（自筆年譜）
『明治文学全集16　坪内逍遙集』（筑摩書房、一九六六年）所収「年譜」（清水茂編）
逍遙協会編『坪内逍遙事典』（平凡社、一九八六年）所収「年譜」（菊池明編）

参考文献

原則として、本文中で引用・言及した文献に限ります。また新聞・雑誌は省きます。

◉坪内逍遙作品

『逍遙選集』全十二巻・別冊三巻、春陽堂、一九二六年七月－一九二七年一二月。［第二次刊行、増補版］
　追加別冊二巻（別冊四－五）第一書房、一九七七年五月－一九七八年一月。

『文学その折々』春陽堂、一八九六年九月。
▼『小説神髄』を除く若き日の逍遙の論述を集めた菊判九五〇頁に及ぶ大著。

『英文学史』東京専門学校出版部、一九〇一年六月。

『英詩文評釈』東京専門学校出版部、一九〇二年六月。

稲垣達郎編『明治文学全集16　坪内逍遙集』筑摩書房、一九六九年二月。
▼『小説神髄』『一読三歎当世書生気質』など。

『小説神髄』改版（宗像和重解説）岩波文庫、二〇一〇年六月。

◉関係者作品

[島村抱月]

『抱月全集』全八巻、天佑社、一九一九年六月—一九二〇年二月。

川副国基編『明治文学全集43　島村抱月・片上天弦・長谷川天渓・相馬御風集』筑摩書房、一九六七年一一月。

▼「囚はれたる文芸」「渡英滞英日記」など。

『島村抱月文芸評論集』(片岡良一解説) 岩波文庫、一九五四年三月。

[夏目漱石]

『漱石全集』全二十八巻、別巻、岩波書店、一九九三年一二月—一九九六年二月。

『文学論』上下 (亀井俊介注解) 岩波文庫、二〇〇七年二月—四月。

[二葉亭四迷]

『二葉亭四迷全集』全九巻、岩波書店、一九六四年九月—一九六五年五月。

中村光夫編『明治文学全集17　二葉亭四迷・嵯峨の屋おむろ集』筑摩書房、一九七一年一一月。

▼「小説総論」『新編浮雲』など。

［森鷗外］

『鷗外全集』全五十三巻、岩波書店、一九五一年―一九五六年。

唐木順三編『明治文学全集27　森鷗外集』筑摩書房、一九六五年二月。

▼「柵草紙の本領を論ず」など。

◉回想・伝記・批評・研究

安西徹雄編『日本のシェイクスピア一〇〇年』荒竹出版、一九八九年一〇月。

▼小野昌「坪内逍遙とシェイクスピア――帝劇『ハムレット』をめぐって」シンポジウムでの発表がもとになっているが、このテーマをめぐって秀逸の一篇。論者は上智大学出身。

亀井俊介『英文学者　夏目漱石』松柏社、二〇一一年六月。

亀井俊介『近代文学におけるホイットマンの運命』研究社、一九七〇年一〇月。

川副国基『島村抱月――人及び文学者として』早稲田大学出版部、一九五三年四月。

河竹繁俊・柳田泉『坪内逍遙』冨山房、一九三九年五月。

▼最も充実した坪内逍遙伝。ただし後半は河竹が個人的に接した、演劇革新に打ち込む逍遙の姿の記述が中心になり、本書のテーマにはたぶん本間による前半の記述が非常な助けとなった。

河竹繁俊『人間坪内逍遙――近代劇壇側面史』新樹社、一九五九年五月。

河竹登志夫『日本のハムレット』南窓社、一九七二年一〇月。

▼逍遙への論及は多いが、翻訳の本格的な検討はない。
河竹登志夫『続々比較演劇学』南窓社、二〇〇五年一〇月。
▼「シェークスピア受容史の全貌」の章など。
神田孝夫「森鴎外とE・V・ハルトマン」（『島田謹二教授還暦記念論文集・比較文学比較文化』）弘文堂、一九六一年七月。

木村毅『明治文学を語る』楽浪書院、一九三四年五月。
▼「坪内逍遙と二葉亭四迷――固有明治文学の創成」の章など。
木村毅『日米文学交流史の研究』講談社、一九六〇年五月。
▼「坪内逍遙をめぐるアメリカ人教師」の章。ホートン先生の与えた刺激などにふれながら、逍遙とシェイクスピアの関係を幅広く追跡し、生き生きと語る、この人ならではの文章。
木村毅『比較文学新視界』八木書店、一九七五年一〇月。
▼「島村抱月の「欧洲文芸思潮史」」の項、「早稲田たんぼの美学――心理派美学の推移」の章など。
木村毅『明治の肖像画――逍遙・鴎外・漱石』恒文社、一九八一年五月。
▼明治の文学者を小説ふうに描く。「「坪内逍遙」は死の直後に書いたので、博士を恩師とする私としては、それを哀悼する感傷がこれを非常に浅俗な作品としてしまった……」。
木村毅『明治文学展望』恒文社、一九八二年一月。
▼「『小説神髄』小論」など。

喜安璡太郎『湖畔通信・鵠沼通信』研究社、一九七二年一〇月。
▼上井磯吉「喜安璡太郎先生小伝」。
小堀桂一郎『若き日の森鷗外』東京大学出版会、一九六九年一〇月。
佐渡谷重信『抱月島村瀧太郎論』明治書院、一九八〇年一〇月。
重久篤太郎『日本近世英学史』教育図書株式会社、一九四一年一〇月。
逍遙協会編『坪内逍遙事典』平凡社、一九八六年五月。
▼B5判五七四頁の大冊。もちろん中身の乏しい項目もあるが、全体として非常に充実した内容で、本書執筆の間中、座右の書とし助けていただいた。
關田かをる『小泉八雲と早稲田大学』恒文社、一九九九年五月。
▼早稲田大学に残る公文書や逍遙の遺稿類を精査し、逍遙とハーンとの結びつきにも光をあて、逍遙の学者活動の大きさをさらに浮き出させる。
高梨健吉『日本英文学史考』東京法令出版、一九九六年九月。
高田早苗述『半峯昔ばなし』早稲田大学出版部、一九二七年一〇月。
▼半峯の話に割って入るようにして、「老友」坪内逍遙と市島謙吉が注記しており、これがまた面白くて貴重。
瀧田貞治『逍遙書誌』米山堂、一九三七年二月。修正版、国書刊行会、一九七六年五月。

中村光夫『二葉亭四迷伝』講談社、一九六三年一二月。

日本の英学一〇〇年編集部編『日本の英学一〇〇年』全四巻、研究社、一九六八年一〇月―一九六九年一〇月。
▼とくに第一巻「明治編」、別巻（第四巻に相当）「英学の周辺」「略伝・書誌」。
土方定一『近代日本文学評論史』西東書林、普及版・一九三七年四月。
▼「明治美学史考」の章。
本間久雄『文学襍記』人文書院、一九三八年六月。
▼「抱月先生追憶」、「文芸批評家筑水先生」の章。ともに恩師追懐の文章だが、その学問的特色を丁寧に語っている。
本間久雄『新訂明治文学史』上下、東京堂、一九四八年一〇月―一九四九年一〇月。
▼第二編「黎明期」第一章「文学論」（『小説神髄』をめぐって記述が展開）は逍遙についての論述で終始。また第三編「続黎明期」第二章「文学論」第二節「文学批評の問題」は没理想論争を中心とする。
本間久雄『坪内逍遙――人とその芸術』松柏社、一九五九年六月。
本間久雄［平田耀子編著］『本間久雄日記』松柏社、二〇〇五年九月。
▼昭和三〇年代の日記だが、逍遙への言及多く、興味津々。編著者の「解説」も非常に内容充実。
柳田泉『若き坪内逍遙』春秋社、一九六〇年九月。
▼『明治文学研究　第一巻』となる。
柳田泉『明治文学研究　第二巻　「小説神髄」研究』春秋社、一九六六年一一月。
▼「小説神髄」を通観した最も詳細な書（『坪内逍遙事典』）。

柳田泉『明治文学研究　第五巻　明治初期翻訳文学の研究』春秋社、一九六一年九月。
▼「明治初期の翻訳英国小説」の章に「『春風情話』橘顕三訳」の項など。
柳田泉『明治文学研究　第六巻　明治初期の文学思想　下巻』春秋社、一九六五年七月。
▼「小説革新の思想」の章に「坪内逍遙の小説美術論（一）－（三）、（四）」など。
なおこの他、『明治文学研究』全一〇巻（春秋社、一九六〇－六八年）には逍遙への論及が多い。

矢野峰人『日本英文学の学統――逍遙・八雲・敏・禿木』研究社、一九六一年一〇月。
▼この学統の「巨匠」夏目漱石については、不日、論を公にしたいと言う。
山口静一「東京大学草創期における英語英文学講義」（『大村喜吉教授退官記念論文集』吾妻書房、一九八二年一月。

吉田精一『近代文芸評論史　明治篇』弘文堂、一九七五年二月。
▼「近代文学の方向定立――『小説神髄』とその周辺」の章など。

◉大学史関係

東京大学百年史編集委員会『東京大学百年史　通史一』東京大学出版会、一九八四年四月。
▼第一編「東京大学の起源」、第二編「東京大学と官立専門教育諸機関」、第三編「帝国大学の創設」。
［慶應義塾］『慶應義塾百年史　中巻（前）』慶應義塾、一九六〇年一二月。
▼第二編「大学部の発足と拡充」

［中西敬二郎執筆］『早稲田大学八十年誌』早稲田大学、一九六二年一〇月。

早稲田大学大学史編集所編『早稲田大学百年史　第一巻』一九七八年三月。

早稲田大学第一・第二文学部『早稲田大学文学部百年史』早稲田大学第一・第二文学部、一九九二年九月。
▼第二章第二節「文学科の歴史」3「英文学専修」（野中涼）、第五章「比較文学研究室の歴史」（柳富子）など。
早稲田大学七十五周年記念出版委員会編『日本の近代文芸と早稲田大学』理想社、一九五七年一〇月。
▼谷崎精二「『早稲田文学』の歴史」など。
早稲田大学総合世界文芸研究会編『総合世界文芸』XVI輯「坪内逍遥生誕百年記念号」（理想社）、一九五九年五月。

［文部省］『学制百年史』全二巻、文部省、一九七二年一〇月。
▼「記述編」と「資料編」から成る。全一八八一頁。

図版一覧

番号	頁	キャプション	出典、所蔵
1	口絵	坪内逍遙（明治38年、47歳）	早稲田大学演劇博物館
2	18	開成学校鳥瞰図（明治6年頃）	『東京大学百年史』
3	29	高田半峯と逍遙（大学卒業後間もない頃）	早稲田大学演劇博物館
4	40	『自由太刀餘波鋭鋒』初版扉	同
5	59	『小説神髄』初版扉	同
6	84	『書生気質』執筆当時の逍遙	同
7	103	『早稲田文学』創刊号、表紙と目次	
8	124	逍遙の講演風景	早稲田大学演劇博物館
9	135	逍遙の授業風景と思われる	同
10	145	早稲田の坪内博士、昭和2年、68歳、最終シェークスピヤ講義記念	同
11	164	逍遙の書「融會自在」	河竹・柳田『坪内逍遙』

ら

わ

ま

や

は

な

た

さ

か

索引

あ

あとがき

本書は坪内逍遙の伝記ではない。坪内逍遙研究でもない。逍遙の生き方には興味津々だが、その生涯の跡をこまかく調べたわけではない。研究と呼べるほどのことは何もしていない。ただ、坪内逍遙を勉強した。そして逍遙の学問についていろいろな思いをもった。その思いをほとんどありのままに綴ってみた本である。

私は大学で英米文学を専門に学んだが、同時に日本文学・文化への関心も強く、大学院では比較文学を専攻、日本における英米文学受容の歴史を研究テーマとした。自分自身が大学で英語英米文学を教えるようになると、日本の大学における英米文学研究や教育の展開の有様が、関心の中心となってきた。

折から、本書中でも何度か述べたことだが、日本では英米文学の研究や教育が衰退の一途をたどっているように見える。そもそも大学の英文科なるものが、一部の大きな大学を除けば、ほとんど消滅状態に陥っている。なぜこうなったか。その理由を突き止めることも重要だが、この危機を乗り越える方途もさぐりたい。

坪内逍遙について学びたい、調べたいという思いは、十年ほど前、『英文学者 夏目漱石』（松柏社、二〇一一年)を書いた頃から育ってきた。漱石は帝国大学英文科の最初の日本人教師となった人だが、逍遙はそれよりもう一時代前、早稲田大学に「文学科」を開設、国立・私立を問わず日本の大学における英文学研究の先駆けとなり、しかもその事業に見事に成功した人である。

私が大学院で比較文学を学び始めた頃の恩師、矢野峰人先生は坪内逍遙の重要さを説かれ、「逍遙に還れ」ということをよく口にされていた。が、その頃の私には、逍遙は何となくもう古い学者という気がしていた。もちろんシェイクスピアの翻訳では最重要な先駆者だろうが、その学問的な著作は情緒的な表現が目立ち、もう時代遅れじゃないか、などと思っていた。だが漱石を調べ、その「知的」な思考の展開に圧倒されればされるほど、逍遙の書いたものの「情的」な展開が気になり、少しずつ積極的に読み出したのである。

そしてついに、ほとんどのめり込むようになって読んだ。もちろん、彼の時代も考える。明治の初め、彼は近代の日本でほとんど最初の大学生の一人となり、英文学の翻訳を主要なアルバイトとし、英文学の勉強も始め、評論家となった。その著作は、偉そうなことも言うが、よく読めばどこかダサイ内容だ。しかし思い返せば、これこそが先駆者の仕事だったのではないか。恰好よがるのではなく、手探りで知識情報を集め、自分の知と情を結集して、西洋の文明をいかに学ぶか、そして日本の文学をいかに近代化するかを考えた。そしてその成果を、後進の学生に、ほとんど手取り足取るようにして説き明かしたのである。矢野先生の言われたことがよく分かった。

私の中には、近代日本における英文科の歴史のようなものの構想が出来てきて、逍遙がその第一章をなすことは明かだった。しかし、しだいに、彼は一章だけで通り過ぎていく人ではなく、何度も「還る」先の人として意識され、ついに彼を一冊の本にしたいという思いまでが育ってきた。自分でも驚いたが、この人に非常な親切感も覚えてきたのである。彼の学問はどうもダサイと私は述べたが、彼自身の文句を借りれば「田舎育ち」らしい学問の展開に、私は共感するところが多くなったのだ。さらに言えば、その中に、日本の英米文学研究の行きづまり状況を打開する方途がいくつか見出されるようにすら思えてきた。それで、あれこれ勉強しているうちに、とうとう実際、小さいながら一冊の本が出来たのである。

くり返すことになるが、これは坪内逍遙についての微に入り細を穿つたぐいの研究ではない。英文学者逍遙に的をしぼっても、これまで話題にされることの少なかった著作を取り上げて、逍遙の新しい局面を開示してみせるたぐいのことはしていない。むしろ、英文学者としての逍遙の代表的な翻訳や著作を私なりに読み直し、検討し、味わい、評価してみただけのものである。本書を親切に読んで下さった方からの不満や批判は無数にあるだろうと思う。私自身もたぶんそれに負けぬ数の不満や批判を残している。だがここで一応のまとめをしたのは、「逍遙に還れ」の精神はきっちり我がものとしながらも、この本を踏み台にして、日本における英文科の歴史の研究をさらに推し進めたい思いに、先を急がされてのことである。

恍惚の年齢の者の駄ぼらと受け止められるのを承知の上で、私の構想じみたことを述べれば、夏目漱石と上田敏が退職し、イギリス人ジョン・ロレンスが事実上の学科指導者となった後の東京帝国大学英文科は、大きく変貌する。逍遙が軽視した「一字一句の解」をこそ学問のもととするかのような学風が出来、一部の学生の猛反発を招いたけれども、この大学の日本の学界における位置からして、矢野峰人先生の言われる「文献学的または書誌学的」な学風が日本英文学の「主流」となっていく。その有様を、ごく一部なりとも、あらためて眺め直したい。それからもちろん、上田敏が奉職した京都帝国大学、これと対照的な特色を発展させた（ように私には見える）東北帝国大学、および本書では一言ふれただけで深入りできなかった慶應義塾などについても、私の思いを述べたい。ただし、これら日本の代表的な大学の、公的百年史からの抜粋をつなぎ合わせるたぐいの作業では終わりたくない。これらの大学の英文科について私の知ることは、早稲田大学の場合よりもっと少ないかもしれない。それでも、自分が直接関係させていただいた部分を大事に生かし、私の観察や判断を正直に語ってみたいのだ。

こういういわば私的な英文科史は、「私的」なればこそ、たとえば逍遙が好んだという「融会自在」の学問態度などにも積極的に共感（時には批判）を示し、そのあけすけさによって、日本における英米文学の教育や研究の現状を打破する力に、砂利のつぶてほどにしろ、応援ができるかもしれないと私は勝手に思うのである。

思いはたっぷりありながら力乏しい本ではあるが、この完成までには多くの方のご指導やご援助をたまわった。坪内逍遙研究の先達の方々から蒙った学恩は、とてもここに書きれない。「参考文献」欄で微意の一端は述べるように努めたけれども。

逍遙への関心に併せて草創期の早稲田大学英文科のことを知りたい思いのたかまった頃（二〇一〇年の前後）、私は何かの雑談の折にその思いを早稲田大学の大社淑子教授（当時はすでに名誉教授であられたか）に漏らした。すると大社氏は、早速、『早稲田大学文学部百年史』をわざわざ出版所から取り寄せて、お送り下さった。それだけではなく、私の思いを早稲田大学図書館にもお伝え下さったようで、図書館司書の𨵑田かをるさんからたいへん親切な援助のお申し出をいただいた。『早稲田大学百年史』第一巻の当該部分のコピーまで同封して下さっていて、私はもちろん感謝感激したが、正直なところ私は当時まだ図書館を有効に利用できるだけの準備ができていなくて、ただ恐縮するだけだった。しかしこういうご厚意が刺激となって、逍遙関係の文献渉猟に熱が入ったことは間違いない。

私は早稲田大学大学院の英文科で四年間、非常勤講師をしたことがあり、当時の教え子たち数人が「みみづくの会」なる勉強会を組織、年に数回、拙宅でアメリカ文学の輪読会を行なっている。この間に私の逍遙研究もようやく図書館を利用させていただきたい程度にまで進んだと思うのだが、こんどは体力的にそれが難しくなった。そこで「みみづくの会」の一人の早稲田大学非常勤講師・阿部敬子さんが、私に代わって図書館の文献のコピーをしてきてくれる、というようなことをして下さった。

さらに、本書の図版はいくつかの参考図書からお助けを願ったが、なほ欲しいたぐいの写真がどうしても見つからず、とうとう早稲田大学文学部の堀内正規教授にご相談申し上げたところ、まことに親身なご対応をいただいた。有難い極みである。そして早稲田大学坪内博士記念演劇博物館は、所蔵の逍遙関係の写真の、本書での図版としての使用に深切なご協力を賜った。心からの敬意と謝意を捧げたい。

しかしこの本の出発から完成まで、最大の力となって下さったのは、『英文学者 夏目漱石』の時と同様、松柏社副社長の森有紀子さんである。森さんと会うたびに、私は本書の構想や執筆の情況を（かなり情熱的に）語り、森さんはそういう私を上手に励ましたり、あらたに資料を見つけて送って下さったりし続けた。私の読み難い手書き原稿を、ご自分の手で全部入力もして下さった。本書が出来たのは、まったく森さんのおかげである。有難い思いで一杯である。

二〇二〇年八月

亀井俊介

著者略歴

1932年、岐阜県生まれ。東京大学文学部英文科卒業。文学博士。東京大学名誉教授。専攻はアメリカ文学、比較文学。著書に『近代文学におけるホイットマンの運命』（研究社、日本学士院賞受賞）、『サーカスが来た！——アメリカ大衆文化覚書』（東京大学出版会、日本エッセイストクラブ賞受賞）、『アメリカン・ヒーローの系譜』（研究社出版、大佛次郎賞受賞）、『英文学者 夏目漱石』（松柏社）、『有島武郎——世間に対して真剣勝負をし続けて』（ミネルヴァ書房、和辻哲郎文化賞受賞）、『日本近代詩の成立』（南雲堂、日本詩人クラブ詩界賞受賞）、『亀井俊介オーラル・ヒストリー——戦後日本における一文学研究者の軌跡』（研究社）ほか多数。

英文学者 坪内逍遥

2021年5月10日　初版第1刷発行
2021年8月10日　初版第2刷発行

著　者————亀井俊介

発行者————森 信久
発行所————株式会社　松柏社
〒102-0072　東京都千代田区飯田橋 1-6-1
Tel. 03 (3230) 4813
Fax. 03 (3230) 4857

印刷・製本——シナノ書籍印刷株式会社

装　幀————加藤光太郎デザイン事務所

ISBN978-4-7754-0276-4